P9-CAL-620

Le Livre de Poche
Jeunesse

Née à New York en 1930, Elaine Lobl épousa à vingt-deux ans un psychologue, David Konigsburg, à qui est dédiée cette *Fugue*, qui est son deuxième roman. Avant de devenir écrivain, elle avait étudié la chimie et en garde le souvenir de quelques expériences explosives... Après l'Université, elle fut professeur de sciences pendant plusieurs années. Ses histoires, leurs personnages, lui sont inspirés par son entourage et celui de ses enfants, qui sont aussi ses premiers lecteurs et critiques. Elle a reçu dès le début récompenses, prix littéraires, en particulier la Newbery Medal, en 1968, pour la *Fugue*, qui devait être adaptée au cinéma.

Fugue au Metropolitan

E. L. Konigsburg

Fugue
au Metropolitan

Traduit de l'américain par
Caroline Tabourin

Couverture et illustrations de
Sylvie Chrétien

Hachette

L'édition originale de ce roman
a paru aux Éditions Atheneum
sous le titre :

FROM THE MIXED-UP FILES OF
MRS. BASIL E. FRANKWEILER

*A David, mon amour
avec des plus.*

A mon avocat, Saxonberg.

Je ne peux pas dire que j'aie apprécié votre dernière visite. Vous aviez de toute évidence trop de soucis en tête pour vous concentrer sur ce que j'essayais d'exprimer. Si vous vous intéressiez dans ce monde à autre chose qu'au droit, aux impôts et à vos petits-enfants, vous seriez peut-être un personnage fascinant. Enfin, presque! Cette dernière visite m'a mortellement ennuyée, et je n'ai pas envie d'en risquer une autre; c'est pourquoi j'envoie Sheldon, mon chauffeur, porter ce compte rendu à votre domicile. Je l'ai écrit pour expliquer certains changements que je désire apporter à mes dernières volontés et à mon testament. Vous comprendrez mieux ces modifications (et quantité d'autres choses) après avoir lu ceci. Je vous envoie un double ; je garde l'original pour mes archives. Je n'apparais que beaucoup plus loin dans l'histoire mais cela n'a pas d'importance. Vous y trouverez assez d'intérêt d'ici là.

Vous n'aviez jamais soupçonné que je puisse écrire aussi bien, n'est-ce pas ? Évidemment, vous ne pouvez vous en rendre compte encore, mais cela ne saurait tarder. J'ai passé beaucoup de temps sur ce dossier. J'ai écouté. J'ai fait des recherches, et puis j'ai rassemblé toutes les pièces comme celles d'un puzzle. Il ne subsiste aucun doute.

Voilà, Saxonberg, à présent lisez et faites des découvertes !

1

Claudia savait qu'elle ne pourrait jamais réussir une fugue classique. C'est-à-dire partir sur un coup de colère avec un sac sur le dos. Elle détestait l'inconfort; même les pique-niques étaient désordonnés et malcommodes : tous ces insectes, et le soleil qui fait fondre le glaçage des petits fours ! Elle décida donc que pour elle fuguer ne serait pas seulement fuir un lieu, mais aussi courir à un autre lieu vaste, confortable, à l'abri et beau de préférence. C'est pourquoi elle choisit le Metropolitan Museum of Art, à New York[1].

1. Musée Métropolitain d'Art, c'est-à-dire : musée d'art de la métropole (grande ville).

Tout fut organisé très soigneusement. Elle économisa son argent de poche et choisit son compagnon. Ce serait Jamie, le cadet de ses trois jeunes frères. On pouvait compter sur son silence, et sur une bonne partie de rire avec lui, de temps en temps. En plus, il était riche. Au contraire de la plupart des garçons de son âge, il ne collectionnait pas les photos de joueurs de base-ball. Il mettait de côté presque tout l'argent qu'on lui donnait.

Mais Claudia attendit avant d'informer Jamie de son choix. Elle ne pouvait pas compter sur son silence très très longtemps, et elle avait calculé qu'il lui faudrait très très longtemps pour économiser son argent de poche hebdomadaire. Il semblait insensé de partir sans argent. A vivre en banlieue, elle avait appris que tout se paie.

Il en fallait assez pour le billet de train et quelques frais annexes avant de parler à Jamie et d'établir les plans définitifs. Pendant tout ce temps, elle oublia presque pourquoi elle partait. Mais pas tout à fait. Claudia se rappelait que sa décision avait quelque chose à voir avec l'injustice. En tant qu'aînée et fille unique, elle était victime d'une foule d'injustices. Peut-être était-ce simplement d'avoir à vider la machine à laver la vaisselle et mettre le couvert le même soir, alors que ses frères échappaient à toutes les corvées. Peut-être y avait-il aussi une autre raison qui m'apparaissait plus clairement qu'à Claudia.

Une raison qui tenait à l'uniformité des jours et des semaines. Elle en avait assez de n'être que Claudia Kincaid avec ses 20 sur 20. Elle en avait assez des disputes pour décider qui choisirait le programme de sept heures et demie le dimanche soir, assez de l'injustice et de la monotonie de l'existence.

Le fait d'avoir si peu d'argent de poche qu'il faille se priver de café liégeois pendant plus de trois semaines pour se payer un billet de train était un autre exemple d'injustice. (Comme vous prenez toujours votre voiture pour aller en ville, Saxonberg, vous ne connaissez probablement pas le prix d'un billet de train. Je vais vous le dire : l'aller simple plein tarif coûte un dollar et soixante *cents*.) Claudia et Jamie pouvaient voyager chacun pour la moitié de cette somme puisque Claudia n'aurait douze ans que dans un mois et Jamie encore moins puisqu'il n'avait que neuf ans. Comme elle avait l'intention de rentrer lorsque sa fugue, à son avis, « leur » aurait servi de leçon, il lui fallait économiser aussi pour le retour, c'est-à-dire l'équivalent d'un aller simple plein tarif. Claudia savait que des centaines d'habitants de sa ville avaient les moyens de prendre tous les jours un aller-retour pour aller travailler dans des bureaux au centre de New York — à New York City — comme le faisait son père. En fait, Greenwich était considéré comme la banlieue de New York, la proche banlieue.

Bien sûr, New York City n'était pas loin, pas assez en tout cas en considération du nombre et de l'importance des injustices dont Claudia était victime, mais c'était un bon endroit pour se cacher. Les dames du club de sa mère appelaient New York City « la ville ». La plupart ne s'y aventuraient jamais, c'était épuisant et ça les rendait nerveuses.

Quand elle était en huitième, sa classe avait fait une excursion pour visiter les sites historiques de Manhattan. La mère de Jonathan Richter n'avait pas laissé son fils y aller, craignant qu'il ne se sépare du groupe dans l'intense circulation new-yorkaise. Mme Richter, une femme de caractère, était sûre qu'il « rentrerait perdu à la maison ». En plus, elle considérait que l'air qu'on y respirait était malsain pour lui.

Claudia aimait la ville parce qu'elle la trouvait élégante, importante et pleine d'activité. Le meilleur endroit du monde pour se cacher. Elle étudia des cartes et le guide touristique de l'Automobile Club Américain et révisa toutes les excursions qu'elle avait faites avec sa classe. Elle se donna des cours particuliers de géographie et trouva même chez elle des dépliants du musée qu'elle consulta en cachette.

Claudia décida également qu'elle devait s'habituer à se passer de certaines choses. Apprendre à se passer de café liégeois était déjà un bon entraînement. Elle se contenterait des glaces à l'eau que sa mère gardait toujours au congélateur. Normalement le budget café liégeois de Claudia était de quarante *cents* par semaine.

Avant sa décision de partir, la gestion des dix *cents* restant sur son argent de poche était sa plus grande aventure de la semaine. Quelquefois, il ne lui restait même pas dix *cents* parce qu'elle perdait un *cent* chaque fois qu'elle enfreignait une des règles de la maison, si elle oubliait de faire son lit le

17

matin par exemple... Elle était certaine que son argent de poche était le plus maigre de sa classe. La plupart des élèves de son âge touchaient leur argent sans retenue parce qu'il y avait des bonnes à la maison pour les corvées, au lieu d'une femme de ménage deux fois par semaine. Un jour, alors qu'elle avait commencé ses économies, le drugstore avait fait une promotion sur les chocolats liégeois. La pancarte de la vitrine annonçait vingt-sept *cents*. Elle ne résista pas : après tout, cela ne retarderait son départ que de vingt-sept *cents*. D'ailleurs, une fois qu'elle eut pris la décision de partir, les préparatifs de sa fugue lui procurèrent presque autant de plaisir qu'elle en avait à dépenser de l'argent. La planification lente et méticuleuse était l'une de ses spécialités.

Jamie, le frère élu, n'aimait pas les cafés liégeois bien qu'il eût pu s'en acheter au moins un tous les quinze jours. Un an et demi auparavant, Jamie avait fait une grosse acquisition, il avait dépensé tout l'argent de son anniversaire et une partie de ses étrennes pour s'acheter chez Woolworth un transistor *made in Japan*. De temps à autre il achetait une pile pour mettre dedans. Ils auraient sûrement besoin d'une radio : une raison supplémentaire de choisir Jamie.

Le samedi, Claudia vidait les corbeilles à papier, ce qu'elle détestait. Il y en avait tellement ! Chaque membre de la famille

avait sa chambre et donc sa corbeille à papier personnelle, à part son père et sa mère qui se partageaient l'une comme l'autre.

Steve vidait son taille-crayon dans la sienne presque tous les samedis. Et naturellement, il le faisait exprès.

Un samedi, elle portait la corbeille à papier de la chambre de ses parents en la secouant un peu pour en tasser le contenu afin qu'il ne se renverse pas en route. Leur corbeille était toujours très pleine parce qu'ils étaient deux à l'utiliser. Sous un klee-nex où sa mère avait essuyé son rouge à lèvres, elle aperçut le coin d'un ticket rouge. Se servant de son index et de son pouce comme d'une pince, elle le sortit de la cor-beille : c'était un forfait de dix voyages en train pour New York, New Haven et la ligne de Hartford. Les cartes périmées n'apparais-sent pas habituellement dans les corbeilles à papier de banlieue, mais dans les poches des contrôleurs de train. Les neuf premiers voyages sont poinçonnés et lors du dixième le contrôleur ramasse la carte. La femme de ménage qui était venue le vendredi avait dû penser que la carte était entièrement utilisée et la jeter sans compter le nombre de trous. De toute façon elle n'allait jamais à New York, et le père de Claudia ne tenait pas une comptabilité très exacte de sa monnaie ni de ses cartes de train.

Jamie et elle pourraient voyager tous les deux sur le coupon restant puisqu'un billet plein tarif équivaut à deux billets demi-tarif. A présent, ils allaient pouvoir prendre le train sans avoir à acheter de billet. Ils évite-raient ainsi le chef de gare et ses éventuelles questions. Quelle trouvaille ! D'un mouchoir souillé de baisers, elle avait tiré un voyage gratuit. Elle considéra cela comme une invitation. Ils partiraient mercredi.

Le lundi après-midi, elle demanda à Jamie de s'asseoir à côté d'elle dans l'autobus parce qu'elle avait quelque chose d'important à lui dire. En général, les quatre enfants Kincaid ne s'attendaient jamais, pas plus qu'ils ne faisaient la route ensemble, à part Kevin qui était sous la responsabilité de l'un des trois autres, alternativement, chaque semaine. L'année scolaire ayant commencé le mercredi après la fête du travail, leur semaine de corvée, comme disait Claudia, commençait le mercredi. Kevin n'avait que six ans, il était en onzième, et tout le monde faisait grand cas de lui, surtout Mme Kincaid si l'on en croyait Claudia. De l'avis

de Claudia toujours, il était terriblement puéril et gâté pourri. Il lui semblait que ses parents auraient dû savoir élever un enfant quand leur quatrième, Kevin, arriva. Mais ils ne savaient pas. Elle n'avait pas le souvenir d'avoir été à la charge de quiconque lorsqu'elle était en onzième. Sa mère venait seulement la chercher à l'arrêt du bus tous les jours.

Jamie voulait être assis à côté de son copain Bruce. Ils jouaient aux cartes dans le bus ; ils poursuivaient chaque jour la partie interrompue la veille. (Ce n'était pas un jeu très compliqué, Saxonberg. Rien de sophistiqué. Ils jouaient à la bataille, ce jeu tout simple où chaque joueur jette une carte et où celui qui a la carte la plus forte ramasse les deux. Si les cartes jetées sont de même valeur, une bataille est engagée qui consiste à continuer à jeter des cartes jusqu'à ce que l'un des deux joueurs remporte tout le paquet.) Tous les soirs, Jamie et Bruce emportaient chacun leur paquet de cartes chez eux. Ils faisaient toujours le serment de ne pas tricher. Une station avant la maison de Bruce, ils arrêtaient de jouer, entouraient chaque paquet d'un élastique, se mettaient mutuellement leur tas de cartes sous le menton et crachaient dessus en affirmant : « Tu ne tricheras point ! » Et puis ils tapotaient leur jeu avant de le remettre dans leur poche.

22

Claudia trouvait ce rituel répugnant, elle n'eut donc aucun scrupule à arracher Jamie à son jeu. Jamie en revanche était furieux. Il n'était pas d'humeur à écouter ce que Claudia avait à lui dire. Recroquevillé sur son siège, la lèvre boudeuse et les sourcils froncés jusqu'aux yeux, il avait l'air d'un homme de Néandertal en miniature et rasé de près. Claudia ne dit rien. Elle attendit qu'il se calme.

Jamie parla le premier :

« Enfin Claude, pourquoi t'as pas choisi Steve ?

— Je pensais que tu comprendrais que je ne veux pas de Steve.

— Mais si, insista Jamie, prends-le, prends-le ! »

Claudia avait préparé son discours :

« Je te veux, toi, pour la plus grande aventure de notre vie. »

Jamie s'obstina :

« Enfin quand même, je préférerais que tu choisisses quelqu'un d'autre. »

Claudia regarda par la fenêtre et ne répondit pas. Alors Jamie dit :

« Bon, puisque je suis là, dis-moi maintenant. »

Claudia continua à se taire et à regarder par la fenêtre. Jamie s'impatienta :

« Je te dis de me dire ce que tu avais à me dire, maintenant ! »

Claudia garda le silence. Jamie se mit à crier :

« Mais qu'est-ce qui te prend, Claude ? D'abord tu fiches en l'air ma partie de cartes, et ensuite tu ne dis rien. C'est dégueulasse.

— On ne dit pas "ficher en l'air" mais gâcher. Et puis tu pourrais parler correctement ! le reprit Claudia.

— Saucisse ! (c'était l'injure favorite de Jamie), tu sais très bien ce que je veux dire. Maintenant, dis-moi, supplia-t-il.

— Je t'ai choisi pour m'accompagner dans la plus grande aventure de nos deux vies, répéta Claudia.

— Ça tu l'as déjà dit. » Il serra les dents. « Continue !

— J'ai décidé de faire une fugue, et je t'ai choisi pour m'accompagner.

— Pourquoi moi ? Pourquoi pas Steve ? » demanda-t-il.

Claudia soupira :

« Je ne veux pas de Steve, Steve est l'un des éléments de ma vie que j'ai décidé de fuir. C'est toi que je veux. »

Jamie se sentit flatté malgré lui. (La flatterie est un instrument aussi efficace que le levier, n'êtes-vous pas de mon avis, Saxonberg ? Placée à un endroit judicieusement choisi, elle peut ébranler le monde.) La flatterie de Claudia ébranla Jamie. Il cessa de penser : « Pourquoi moi ? » et se dit : « Je suis l'élu. » Il se redressa sur sa banquette, descendit la fermeture Éclair de son blouson, mit un pied sur le siège, ses mains sur son genou replié, et demanda du coin de la bouche :

« O.K. Claude, quand est-ce qu'on se tire, et comment ? »

Claudia réprima son envie de corriger un tel style...

« Mercredi. Voici mon plan. Écoute bien. »

Jamie plissa les yeux et dit :

« Fais-le compliqué, Claude, j'adore les complications. »

Claudia rit :

« Il faut que le projet soit simple à réaliser. Nous partirons mercredi parce que c'est le jour de la leçon de musique. Je prendrai mon étui à violon sans prendre le violon et je le remplirai de vêtements. Tu feras la même chose avec ton étui à trompette. Tu emporteras autant de sous-vêtements que possible, des chaussettes et au minimum une chemise de rechange.

— Tout ça dans un étui à trompette ? J'aurais dû jouer de la contrebasse !

— Tu pourras en mettre un peu dans mon étui à violon. Et puis tu auras ton cartable. Et n'oublie pas ton transistor.

— Je pourrai mettre mes baskets ? demanda Jamie.

— Bien sûr ! L'obligation de porter des

chaussures de ville est l'une des tyrannies auxquelles tu échapperas en venant avec moi. »

Jamie sourit et Claudia sentit que c'était le bon moment. Elle parvint presque à dire avec insouciance :

« Il faudra aussi prendre tout ton argent. » Elle s'éclaircit la gorge. « Au fait, tu as combien ? »

Jamie reposa le pied par terre, regarda par la fenêtre et dit :

« Pourquoi ?

— Nom d'un chien, Jamie, si on fait ça ensemble, on le fait ensemble. Je dois savoir ! Alors, combien as-tu ?

— Je peux compter sur ton silence ? » demanda-t-il.

Claudia s'énerva :

« Est-ce que je t'ai demandé, moi, si je pouvais compter sur le tien ? »

Elle pinça les lèvres et souffla de l'air par ses narines. Si elle l'avait fait un tout petit peu plus fort on aurait pu prendre ça pour un ronflement.

« Tu comprends, Claude, chuchota Jamie, j'ai beaucoup d'argent. »

Claudia était convaincue que ce vieux Jamie deviendrait un grand homme d'affaires, ou au minimum un grand avocat de droit fiscal, comme leur grand-père. Mais elle n'en dit rien.

Jamie continua :

« Claude, ne le dis pas à papa et à maman, mais je joue. Je joue de l'argent aux cartes avec Bruce. Tous les vendredis, nous comptons nos cartes et il me donne deux *cents* pour chaque carte que j'ai de plus que lui et cinq *cents* pour chaque as. J'ai toujours plus de cartes que lui et chaque fois au moins un as de plus. »

Claudia perdit patience :

« Dis-moi combien tu as ! Quatre dollars ? Cinq ? Combien ? »

Jamie se réfugia encore plus près de la vitre et se mit à chantonner :

« Vingt-quatre dollars et quarante-trois *cents* ! »

Claudia accusa le coup, et Jamie, appréciant sa réaction, ajouta :

« Attends vendredi, ça fera vingt-cinq dollars juste.

— Mais comment ? Tu n'as que vingt-cinq *cents* d'argent de poche. Vingt-quatre dollars quarante-trois plus vingt-cinq *cents* ne font que vingt-quatre dollars et soixante-huit *cents* ! » Les détails n'échappaient jamais à Claudia.

« Je gagnerai le reste à Bruce.

— Enfin, James, comment peux-tu savoir lundi ce que tu gagneras vendredi ?

— Je le sais, c'est tout.

— Mais comment ?

— Je ne le dirai jamais. »

Il regarda Claudia droit dans les yeux

pour voir sa réaction. Elle avait l'air dérouté. Il sourit et elle lui rendit son sourire parce qu'elle fut certaine à cet instant d'avoir choisi le bon frère pour compagnon d'escapade. Ils se complétaient parfaitement. Elle était prudente (pour tout sauf pour l'argent) et pauvre ; lui était aventureux (pour tout sauf pour l'argent) et riche. Plus de vingt-quatre dollars ! Ça faisait un joli pécule à mettre dans leurs sacs à dos. A part qu'ils n'avaient pas de sacs à dos mais des étuis à instruments de musique. Elle avait déjà quatre dollars et dix-huit *cents*, leur fugue serait confortable.

Jamie attendait pendant qu'elle réfléchissait :

« Bon alors ? Qu'est-ce que tu en dis ? Tu veux attendre vendredi ? »

Claudia n'hésita qu'une minute avant de décider :

« Non, il faut que nous partions mercredi. Je vais te donner un plan écrit, point par point. Tu ne dois le montrer à personne. Enregistre tous les détails, et ensuite détruis le papier.

— Est-ce que je dois le manger ? demanda Jamie.

— Je pense qu'il serait beaucoup plus simple de le déchirer et de le jeter à la poubelle. Personne en dehors de moi ne fouille dans les poubelles. Et encore je ne le fais que lorsqu'elles ne sont pas trop dégoûtantes, pleines de cendres et de résidus de taille-crayon.

— Je le mangerai quand même. J'adore les choses compliquées, dit Jamie.

— Il faudrait aussi que tu aimes la sciure de bois ! dit Claudia. Tu sais que c'est avec ça qu'on fait le papier, non ?

— Je sais, je sais », répondit Jamie. Ils ne dirent plus rien jusqu'à leur arrêt. Steve descendit du bus derrière Claudia et Jamie. Il cria :

« Claude ! Claude ! C'est ton tour de prendre Kevin. Je le dirai à maman si tu oublies. »

Claudia, qui marchait devant Jamie, s'arrêta net, revint sur ses pas en courant, attrapa la main de Kevin et refit le chemin en sens inverse en le traînant légèrement derrière elle.

« Je veux rentrer avec Stevie, pleurnicha Kevin.

— Je n'y verrais aucun inconvénient, bébé Kevin, répondit Claudia, mais aujourd'hui il s'avère que tu es sous ma responsabilité.

— Et après, je serai sous la "sponsabilité" de qui ? demanda-t-il.

— Mercredi prochain, ce sera le tour de Steve, répondit Claudia.

— Moi je voudrais que ce soit le tour de Steve tous les jours, se lamenta Kevin.

— Ton vœu a de fortes chances d'être exaucé ! »

Kevin ne sut ni à ce moment-là ni plus tard qu'il détenait un indice et il bouda jusqu'à la maison.

2

Le mardi soir, Jamie trouva sa liste d'instructions épinglée à son pyjama sous son oreiller. Sa première instruction était de laisser tomber ses devoirs pour se préparer au départ.

(J'admire sincèrement la méticulosité de Claudia, Saxonberg. Sa capacité de s'occuper des plus infimes détails n'a d'égale que la mienne. Dans ses instructions, elle suggérait même à Jamie de cacher sa trompette quand il la sortirait de son étui. Il devait la rouler dans la couverture supplémentaire qui était toujours pliée au pied de son lit.)

Lorsqu'il eut suivi à la lettre toutes les instructions de la liste, Jamie prit un grand verre d'eau dans la salle de bains et s'assit en tailleur sur le lit. Il mordit un grand coin de la liste. Le papier avait le goût d'un chewing-gum qu'on aurait mâché pendant cinq jours. Il était aussi insipide et seulement un peu plus dur. Comme l'encre n'était pas indélébile, ses dents devinrent toutes bleues. Il prit seulement une bouchée de plus avant de déchirer le mot, de froisser les petits bouts, et de les jeter dans la corbeille. Pour finir il se brossa les dents.

Le lendemain matin, Claudia et Jamie prirent leur bus comme d'habitude ainsi qu'il avait été convenu. Ils s'assirent sur la banquette arrière et y restèrent lorsque le bus fut arrivé à l'école et que tout le monde fut sorti. Personne ne devait s'en rendre compte et personne ne remarqua rien. Il y eut un tel remue-ménage pendant la chasse aux cahiers et aux moufles que personne ne se préoccupa d'autre chose que de ses effets personnels avant d'être à mi-chemin de l'allée menant à l'école. Claudia avait ordonné à Jamie de remonter ses pieds sur le siège et de baisser la tête le plus possible pour que Herbert, le chauffeur, ne les voie pas. Il le fit et elle l'imita. S'ils avaient été découverts, le plan était d'aller à l'école quand même, de faire semblant de suivre leurs cours dans la mesure du possible puisqu'ils n'avaient pas de livres dans leurs cartables ni d'instruments dans leurs étuis.

Ils se couchèrent sur leurs cartables et sur

leurs étuis. Ils retinrent longtemps leur respiration et résistèrent au moins quatre fois à l'envie de lever la tête pour voir ce qui se passait. Claudia joua à se persuader qu'elle était aveugle et qu'elle était obligée d'utiliser exclusivement son odorat, son ouïe et son sens du toucher. Lorsqu'ils entendirent le dernier bruit de pas descendant de l'autobus, et la voiture redémarrer, ils levèrent un peu le menton et se sourirent.

Herbert allait maintenant conduire l'autobus au terminus de l'avenue de Boston où se garaient les cars de transport scolaire. Ensuite il descendrait du bus pour monter dans sa voiture personnelle et aller où il avait l'habitude d'aller à cette heure-là. Jamie et Claudia s'appliquèrent à garder le silence pendant tout le trajet jusqu'à la gare routière. Le car bondissait sur la route comme une boîte de biscuits vide — presque vide. Heureusement tous ces bonds le rendaient bruyant, sinon Claudia aurait craint que le chauffeur n'entende son cœur, qui faisait le bruit de la machine à café avant le petit déjeuner. Elle n'aimait pas garder la tête baissée aussi longtemps. La transpiration lui collait la joue contre le siège en skaï ; elle aurait sûrement une grave maladie de peau dès qu'elle serait descendue de l'autobus.

On s'arrêta enfin. Ils entendirent la porte s'ouvrir. Que Herbert fasse quelques pas vers l'arrière et ils seraient découverts... Ils retinrent leur souffle jusqu'à ce qu'ils l'aient entendu descendre la marche et sortir du bus. Puis, Herbert passa le bras par la petite fenêtre de côté pour atteindre le levier qui commandait la fermeture de la porte. Claudia bougea lentement un bras pour regarder sa montre. Elle donna sept minutes à Her-

bert avant de
lever la tête. Quand elles
furent passées, ils savaient tous les deux
qu'ils pouvaient se redresser sans risque,
mais d'un accord tacite, ils restèrent baissés
pour voir s'ils pouvaient tenir encore un tout
petit peu. Ils le purent. Ils restèrent recro-
quevillés environ quarante-cinq secondes de
plus, mais avec tant de crampes et d'inconfort que ces secondes leur parurent quarante-
cinq minutes.

Lorsqu'ils se redressèrent, ils étaient tout
sourire. Un coup d'œil par la vitre du bus :
la voie était libre ! Il n'y avait aucune raison
de se presser et ils remontèrent tranquillement le bus, Claudia en tête. La manette
d'ouverture de la porte était à la gauche du

siège du chauffeur; elle allait l'atteindre quand éclata derrière elle un tintamarre épouvantable.

« Jamie, chuchota-t-elle, qu'est-ce que c'est que ce boucan ? » Jamie s'arrêta et le bruit également. « Mais qu'est-ce que tu as sur toi ? Une cotte de mailles ?

— Ben, comme d'habitude. En partant du bas, j'ai un slip, taille dix ans, un tee-shirt...

— Oh, mon Dieu, ça je sais ! Mais qu'est-ce que tu portes qui fait autant de bruit ?

— Vingt-quatre dollars et quarante-trois *cents*. »

Ses poches étaient si lourdes qu'elles faisaient descendre son pantalon. Il manquait plus de deux doigts entre le bas de sa chemise et le haut du pantalon : une zone de peau d'une blancheur hivernale, ponctuée par son nombril.

« Comment se fait-il que tout ton argent soit en petite monnaie ?

— Bruce paie ses dettes en pièces. Tu t'attendais à quoi ? Des travellers ?

— D'accord, d'accord, dit Claudia, et qu'est-ce qui pend à ta ceinture ?

— Ma boussole, je l'ai eue l'année dernière pour mon anniversaire.

— Pourquoi t'encombrer de ça ? Tu en as déjà assez à transporter.

— Il faut une boussole pour trouver son

chemin dans les bois. Et aussi pour en sortir. Ça sert à ça une boussole.

— Quels bois ? demanda Claudia.

— Les bois où on va se planquer !

— Se planquer ! Où as-tu appris à parler, mon pauvre Jamie ?

— Au même endroit que toi, ma vieille !

— Bon, mais qui t'a dit que nous allions nous planquer dans les bois ? demanda Claudia.

— Tu l'as dit ! Tu l'as dit ! cria Jamie.

— J'ai dit quoi ? Je n'ai jamais dit qu'on allait se planquer dans les bois. » A présent Claudia criait aussi.

« Non, mais tu as dit planquer !

— C'est pas vrai ! »

Jamie explosa :

« Si, tu l'as dit, tu as dit : "Qui t'a dit qu'on allait se planquer dans les bois ?" Tu l'as dit ça, hein ?

— D'accord, d'accord », répondit Claudia. Elle faisait de gros efforts pour garder son calme, car elle savait qu'un chef de groupe ne doit jamais perdre son sang-froid, même si le groupe en question n'est composé que d'elle-même et d'un imbécile de frère.

« O.K. ! dit-elle, j'ai peut-être dit planquer mais je n'ai jamais parlé de bois.

— Si, m'sieur, tu as dit qui t'a dit qu'on... »

38

Claudia ne le laissa pas finir :

« O.K., O.K. ! Alors maintenant écoute-moi. On va se planquer au Metropolitan Museum, à New York City. »

Jamie s'écria :

« Tu vois, tu vois, tu l'as redit !

— Non. J'ai dit le Metropolitan Museum.

— T'as encore dit planquer !

— D'accord et maintenant si tu veux bien, on va arrêter les leçons d'anglais. Nous allons au Metropolitan Museum, à Manhattan. »

Pour la première fois, le sens de la phrase fit oublier sa forme.

« Le Metropolitan Museum, saucisse ! s'exclama-t-il. Qu'est-ce que c'est que cette histoire de fou ? »

Claudia sentit qu'elle contrôlait maintenant Jamie, la situation et elle-même. Au cours des dernières minutes, ils avaient oublié qu'ils étaient des clandestins dans le car de l'école et ils s'étaient comportés comme toujours à la maison. Elle dit :

« Sortons de cet autobus et allons prendre le train, je t'expliquerai. »

Une fois de plus, James Kincaid fut déçu :

« Le train ! On va même pas en stop jusqu'à New York ?

— En stop ? Au risque d'être kidnappés, volés ou même agressés ! s'écria Claudia.

— Volés! Pourquoi tu t'inquiètes de ça? C'est surtout mon argent!

— Nous sommes ensemble dans cette aventure. Nous nous servons surtout de ton argent, c'est vrai, mais l'idée est entièrement de moi. Nous prendrons le train.

— Tu parles d'une fugue! grommela Jamie. Et tu parles d'un endroit pour s'enfuir dedans!

— S'enfuir dedans? Quelle langue parles-tu? s'exclama Claudia.

— L'américain, répondit Jamie.

— L'américain de James Kincaïd. » Et ils descendirent tous les deux de l'autocar, oubliant toute prudence et ne pensant qu'à leur dispute.

Ils ne furent pas découverts.

Sur le chemin de la gare, Claudia posta deux lettres.

« C'était quoi? demanda Jamie.

— Il y avait un mot pour papa et maman, où je leur dis que nous quittons la maison et qu'ils n'appellent pas la police. Ils l'auront demain ou après-demain.

— Et l'autre?

— L'autre, c'était deux couvercles de boîtes de corn-flakes. Ils t'envoient vingt-cinq *cents*, si tu leur adresses deux couvercles avec des étoiles. Ils disent que c'est pour payer le lait.

— Tu aurais dû les envoyer plus tôt. On

aurait eu bien besoin de cinquante *cents* de plus !

— On a juste fini la seconde boîte ce matin », lui fit remarquer Claudia.

Ils arrivèrent à la gare de Greenwich juste à temps pour l'omnibus de dix heures quarante-deux. Le train n'était rempli ni de banlieusards allant travailler ni de dames allant faire leurs courses, et Claudia traversa toute l'allée centrale d'un premier wagon, puis d'un deuxième, avant de se décider pour deux sièges libres, qui ne la satisfirent pourtant nullement quant à la propreté. Leur velours bleu marine était taché et poussiéreux.

Jamie passa onze kilomètres sur les quarante-deux de rail à tenter de convaincre sa sœur qu'ils devraient se cacher à Central Park. Claudia le nomma trésorier. Il ne devait pas seulement garder l'argent mais aussi noter les dépenses et donner son avis sur chacune. Finalement Jamie trouva que le Metropolitan offrait certains avantages et promettait assez d'aventures.

Au cours de ces mêmes onze kilomètres, Claudia cessa de regretter d'avoir emmené Jamie, et quand ils quittèrent le train pour les couloirs de ciment et d'acier qui mènent au terminal, elle apprécia vraiment sa présence. (Ah ! comme je connais ce sentiment d'angoisse qui vous étreint dans ces tunnels faiblement éclairés.) Ce n'était pas seulement à cause de son argent et de sa radio. Il fallait le courage d'au moins deux Kincaid pour affronter Manhattan.

3

Dès qu'ils furent sur le trottoir, Jamie prit sa première décision de trésorier :

« On va à pied jusqu'au musée !

— A pied ! s'exclama Claudia. Est-ce que tu te rends compte que c'est à plus de quarante pâtés de maisons d'ici ?

— Ah ! Et combien coûte le bus ?

— Le bus ! s'écria Claudia. Qui te parle de bus ? Je veux prendre un taxi, moi !

— Claudia, dit Jamie, tu es tout simplement cinglée. Comment peux-tu imaginer de prendre un taxi ? Nous n'avons plus d'argent de poche. Pas de revenus. Tu ne peux plus te permettre de faire des folies. Ce n'est pas mon argent que nous dépensons. C'est "notre argent". Nous sommes ensemble dans cette aventure.

— Tu as raison, admit Claudia, le taxi coûte cher. Le bus est plus économique. Ça ne nous coûtera que vingt *cents* chacun, nous prendrons le bus.

— Que vingt *cents* chacun! Ça fait quarante *cents* en tout. Pas de bus, nous marcherons.

— Ce qui nous coûtera quarante *cents* de cuir de chaussures, bougonna Claudia. Tu es sûr que nous devons y aller à pied?

— Absolument certain, répondit Jamie. Dans quelle direction allons-nous?

— Tu es sûr que tu ne veux pas changer d'avis?» L'expression de Jamie fut une réponse suffisante. Claudia poussa un gros soupir. «Pas étonnant que Jamie soit à la tête de la colossale somme de vingt-quatre dollars, il est joueur et radin! pensa-t-elle. Et d'ailleurs, puisque c'est comme ça, je ne lui demanderai plus jamais de prendre le bus, je souffrirai en silence. Mais, il sera bien obligé de regretter son attitude quand je m'écroulerai d'épuisement sous ses yeux. Je m'écroulerai sans un mot.»

«Nous devrions prendre par Madison Avenue, dit-elle à son frère. Je risque d'avoir trop de tentations de dépenser notre argent si nous prenons par la 5e Avenue, avec tous ces superbes magasins.»

44

Jamie et elle ne marchèrent pas exactement côte à côte. Il se cognait sans arrêt contre son étui à violon à elle et préféra marcher quelques pas devant. Alors que son allure à elle ralentissait sous l'effet — pensait-elle — de l'excès de dioxyde de carbone dans son organisme (elle n'avait pas encore appris la fatigue musculaire en classe de sciences naturelles, bien qu'elle soit déjà en sixième), celle de Jamie s'accélérait. Bientôt il eut plus d'un pâté de maisons d'avance sur elle. Elle ne le rejoignit que lorsqu'il fut arrêté à un feu rouge. Elle lui dit de l'attendre à l'angle de la 80e Rue et de Madison car ils devraient alors tourner à gauche en direction de la 5e Avenue.

Elle trouva Jamie au carrefour en question, probablement l'un des carrefours les plus civilisés du monde, consultant sa boussole et déclarant que lorsqu'ils auraient tourné à bâbord, ils marcheraient en direction du nord-ouest. Claudia était fatiguée et elle avait froid aux extrémités ; ses doigts de mains et de pieds ainsi que son nez étaient glacés alors que le reste de son corps transpirait abondamment dans ses vêtements d'hiver. Elle n'avait jamais aimé avoir trop froid ou trop chaud, et elle détesta avoir les deux en même temps. « A bâbord, à bâbord, répéta-t-elle en l'imitant. Tu ne peux pas dire à gauche et à droite comme tout le monde ?

Tu te prends pour qui ? Christophe Colomb ? Je suis sûre que personne ne s'est servi d'une boussole à Manhattan depuis Henry Hudson. »

Jamie ne répondit pas. Il tourna à vive allure dans la 80e Rue, et mit sa main en visière pour scruter l'horizon.

Claudia avait besoin d'une dispute. Sa température interne, qui était élevée à cause de sa colère, portait à ébullition le dioxyde de carbone. Elle risquait d'exploser si elle ne lâchait pas un peu de vapeur.

« Tu n'as pas l'air de comprendre que nous devons être "indiscernables".

— Qu'est-ce que ça veut dire ? demanda Jamie.

— Ça veut dire invisibles.

— Je te trouve absolument géniale, Claude. New York est l'endroit idéal pour se cacher. Personne ne remarque quelqu'un ici.

— Personne ne remarque personne », reprit Claudia. Elle regarda Jamie qui souriait, et s'adoucit. Il fallait bien reconnaître que son frère avait raison : elle était géniale. New York était un endroit formidable pour se cacher, et la reconnaissance de son génie l'avait calmée. Ses « bulles » de colère se dissolvaient. Lorsqu'ils atteignirent le musée, elle n'avait plus besoin d'une dispute.

Lorsqu'ils pénétrèrent dans le musée par

la porte principale sur la 5e Avenue, le gardien enregistra deux visiteurs — clic, clic — sur le compteur des entrées. Les gardiens comptent toujours les gens qui entrent dans un musée mais jamais ceux qui en sortent. (Mon chauffeur, Sheldon, a un ami nommé Morris qui est gardien au Metropolitan. J'ai demandé à Sheldon d'obtenir des renseignements par Morris. Ce n'était pas difficile, Morris adore parler de son métier. Il parle de tout sauf des questions de sécurité. Si on lui pose une question à laquelle il ne veut pas ou ne peut pas répondre, il dit : « Je ne dois rien dire : sécurité. »)

Il était une heure de l'après-midi lorsque Claudia et Jamie arrivèrent à destination, et il y avait foule au musée. Un mercredi normal, il vient en général vingt-six mille visiteurs ou plus ; ils se répandent sur des kilomètres carrés de plancher, en passant de salle en salle. Le mercredi il y a les gentilles vieilles dames qui ont du temps à tuer avant les matinées de Broadway. Elles vont deux par deux. On voit qu'elles sont ensemble parce qu'elles portent des chaussures orthopédiques assorties, du genre qu'on lace sur le côté. Le mercredi il y a les touristes. On les reconnaît à ce que les hommes portent des appareils photo et à ce que les femmes ont l'air d'avoir mal aux pieds. Elles portent des chaussures à talons hauts. (J'ai pour ma part toujours pensé que c'était tant pis pour celles qui en portent.) Et puis il y a les étudiants d'art, tous les jours de la semaine. Ils vont par deux eux aussi. On les reconnaît à leurs cartons à dessins noirs, tous identiques.

(Vous ignorez tout cela, Saxonberg, honte à vous ! Vous n'avez jamais mis vos chaussures impeccablement cirées dans ce musée. Il y vient plus de deux *cent* cinquante mille personnes par semaine. Il en vient de Mankato, Kansas, où ils n'ont pas de musée, et de Paris, France, où il y en a des tas. Et ils entrent tous gratuitement parce que ce musée est ainsi : immense, grandiose et gratuit pour tout le monde. Et compliqué. Assez compliqué même pour Jamie Kincaid.)

Personne ne trouva bizarre qu'un garçon et une fille, portant chacun un cartable et un étui à instrument de musique, visitent un musée à une heure où ils auraient dû être en classe. Après tout, un millier d'écoliers visitaient le musée chaque jour. Le gardien à l'entrée les arrêta seulement pour leur dire de déposer leurs cartables et étuis. Une règle du musée : ni sacs, ni nourriture, ni parapluies. Rien, du moins, que les gardiens puissent voir. Règle ou pas. Claudia trouva que c'était une bonne idée. Une grande pancarte dans le hall d'entrée disait : PAS DE

POURBOIRE. Jamie ne pourrait donc faire aucune objection. Il en fit pourtant ; il prit sa sœur à part et lui demanda comment elle croyait qu'il pourrait mettre son pyjama. Il était roulé en boule, expliqua-t-il, dans son étui à trompette.

Claudia lui dit qu'elle comptait bien tout reprendre à 16 h 30. Ils quitteraient alors le musée par l'entrée principale et rentreraient cinq minutes plus tard par la porte de derrière qui menait du parking au Musée des Enfants. Après tout, cela résolvait tous leurs problèmes ! 1° On les verrait sortir du musée. 2° Ils seraient débarrassés de leurs bagages pendant qu'ils chercheraient un endroit pour la nuit. Et 3° le vestiaire était gratuit.

Claudia y mit son manteau avec ses sacs. Jamie était obligé de garder son anorak, parce que lorsqu'il était fermé, il dissimulait son ventre dénudé par le poids de ses poches. En outre, la ceinture en tricot de l'anorak atténuait considérablement le vacarme que faisaient ses vingt-quatre dollars. Claudia n'aurait jamais supporté d'avoir aussi chaud mais Jamie aimait la sueur, un rien de crasse et les complications.

Dans l'immédiat, il avait surtout envie de déjeuner. Claudia voulait manger au restaurant du premier étage et Jamie au snack du rez-de-chaussée. Il admettait que ce serait moins chic mais aussi moins cher, et, en sa double qualité de ministre des Finances, usant de son droit de veto, et de « Radin-du-siècle », il eut le dernier mot. Claudia n'y trouva finalement pas grand-chose à redire quand elle vit le snack. Il était simple mais propre.

Jamie fut scandalisé par les prix. Ils avaient vingt-huit dollars soixante et un *cents* en entrant dans la cafétéria, et vingt-sept dollars onze *cents* en sortant, et ils avaient encore faim.

« Claudia, dit-il, est-ce que tu savais que la nourriture était si chère? Tu n'es pas contente maintenant que nous n'ayons pas pris le bus? »

Pas du tout. Claudia n'était pas contente qu'ils n'aient pas pris le bus. Elle était surtout furieuse que l'avarice de ses parents et celle de Jamie l'obligent à se soucier d'argent avant même d'avoir passé une journée entière loin de la maison. Elle décida de ne pas répondre à Jamie. Il ne s'en aperçut même pas : il était complètement absorbé par ses problèmes financiers.

« Tu crois que je pourrais convaincre l'un des gardiens à faire une bataille avec moi? demanda-t-il.

— Tu es stupide ! dit Claudia.

— Pourquoi? J'ai emporté mes cartes ! Un jeu entier. »

Claudia soupira :

« Parce que discret, c'est le contraire de ça. Même un gardien de musée qui voit des milliers de personnes chaque jour se souviendrait d'un garçon avec qui il aurait joué aux cartes. »

L'honneur de Jamie était en cause :

« J'ai arnaqué Bruce pendant toute l'année dernière et tout le début de celle-ci, et il n'a toujours pas compris comment je faisais.

— Jamie ! C'est pour ça que tu savais que tu allais gagner ! »

Jamie acquiesça :

« Ben oui. En plus, Bruce a du mal à distinguer les valets des dames et des rois. Il les confond toujours.

— Pourquoi triches-tu avec ton meilleur ami ?

— J'en sais rien, sans doute parce que j'aime les complications.

— Bon, assez parlé d'argent. Cherchons où nous pourrons nous cacher pendant qu'ils ferment le musée. »

Ils prirent un plan au guichet d'information ; c'était gratuit. Ce fut Claudia qui choisit l'endroit où ils se cacheraient pendant ce moment dangereux entre la fermeture du musée au public et le départ des gardiens et du personnel d'entretien. Elle décida que, juste avant, elle irait aux toilettes pour dames et Jamie aux toilettes pour messieurs.

« Tu iras à celles qui se trouvent à côté du restaurant du premier étage, dit-elle à Jamie.

— Je ne passerai pas la nuit dans les toilettes pour hommes. Tout ce carrelage, c'est froid. Et puis en plus dans les toilettes les bruits sont amplifiés à cause de la résonance et je trouve que je cliquette déjà assez comme ça. »

Claudia expliqua à Jamie qu'il faudrait entrer dans un cabinet :

« Et puis tu montes dessus.

— Quoi ? Que je monte sur quoi ? demanda Jamie.

— Tu sais bien, insista Claudia. Tu te mets debout dessus !

— Tu veux dire debout sur la cuvette ? » Jamie avait toujours besoin qu'on lui coupe les cheveux en quatre.

« Eh bien oui ! Qu'est-ce qu'il y a d'autre dans un cabinet ? Et puis tu baisseras la tête. Et tu laisseras la porte entrouverte, termina Claudia.

— Les pieds en l'air, la tête en bas, la porte ouverte. Pourquoi ?

— Parce que je suis sûre que quand ils vérifient les toilettes hommes et femmes, ils se contentent de jeter un coup d'œil sous la porte pour voir s'il y a des pieds. Nous resterons là jusqu'à ce que nous soyons sûrs que tous les gardiens et tout le personnel soient partis.

— Et le veilleur de nuit?» demanda Jamie.

Claudia afficha une assurance qu'elle ne ressentait pas vraiment:

«Oui, il y aura certainement un veilleur de nuit, mais il se promène surtout sur les toits pour contrôler que personne n'entre par effraction. Nous serons déjà à l'intérieur. On appelle son travail "la tournée du chat". Nous connaîtrons vite ses habitudes. Ils ont sûrement des alarmes à l'intérieur. Nous devrons faire attention de ne toucher ni aux portes, ni aux fenêtres, ni aux tableaux de grande valeur. Maintenant trouvons un endroit pour passer la nuit.»

Ils retournèrent aux salles des beaux meubles français et anglais. C'est là que Claudia se rendit compte qu'elle avait vraiment choisi le plus bel endroit du monde pour se cacher. Elle eut envie de s'allonger sur le canapé qui avait été spécialement fabriqué pour Marie-Antoinette ou au moins de s'asseoir à son bureau, mais il y avait partout des pancartes interdisant de s'en approcher. Et sur certains fauteuils étaient tendus des cordons de soie qui éliminaient toute possibilité de s'asseoir dessus. Elle devrait attendre que les lumières soient éteintes pour devenir Marie-Antoinette.

Finalement, elle découvrit un lit qu'elle trouva absolument extraordinaire, et dit à Jamie qu'ils dormiraient là. Le lit était surmonté d'un grand baldaquin soutenu à un bout par une somptueuse tête de lit sculptée, et à l'autre bout par deux grandes colonnes. (Je connais bien ce lit, Saxonberg, il est aussi grand et prétentieux que le mien. Et il est aussi du XVIe siècle. J'avais à une époque pensé faire don de mon lit au musée, mais M. Untermeyer leur a offert celui-là le premier. Je dois avouer que cela m'a soulagée. A présent, je peux jouir pleinement du mien sans m'encombrer de scrupules parce que le musée n'en possède pas. D'ailleurs, je n'aime pas particulièrement les donations.)

Claudia avait toujours su qu'elle était faite pour vivre entourée de belles choses. Jamie de son côté se demandait où était l'aventure quand on faisait une fugue pour aller dormir dans un autre lit. Lui, James, aurait plutôt dormi par terre, dans les toilettes, après tout.

Claudia le traîna jusqu'au pied du lit et lui ordonna de lire l'écriteau qui s'y trouvait.

Jamie lut : « *Prière de ne pas monter sur la plate-forme.* »

Claudia savait qu'il le faisait exprès pour l'embêter, elle lut pour lui :

« Ce lit d'apparat aurait été le théâtre de

l'assassinat de Amy Robsart, première épouse de Lord Robert Dudley, dernier comte... »

Jamie ne put s'empêcher de sourire. Il dit :

« Tu sais, Claudie, pour une sœur enquiquineuse, tu n'es pas mal ! »

Claudia répondit :

« Tu sais, Jamie comme frère radin, tu n'es pas mal non plus. »

Quelque chose se produisit à cet instant précis. Claudia et Jamie essayèrent tous les deux de me l'expliquer, mais en vain.

Moi, je sais ce qui arriva, mais je ne le leur ai jamais dit. De nos jours on a tendance à avoir des mots et des explications pour tout. Je n'ai pas eu envie d'expliquer, surtout pas à Claudia, elle connaît déjà trop de réponses.

Il arriva qu'à ce moment précis, ils devinrent une équipe, une famille à deux. Avant leur fugue, ils avaient quelquefois joué à être une équipe, mais *se sentir* une équipe, c'était différent. Cela ne signifiait pas qu'ils allaient cesser de se disputer, mais que leurs disputes faisaient partie de leur aventure, qu'elles devenaient discussions et non menaces. Vues de l'extérieur, leurs disputes pourraient paraître les mêmes parce que le sentiment d'appartenance à une équipe est un phénomène invisible. On peut appeler cela de l'attachement ou même de l'amour. En tout cas, il est très rare que cela arrive à deux personnes au même moment, surtout à un frère et une sœur qui ont passé plus de temps à des activités séparées qu'à vivre l'un avec l'autre.

Ils firent comme ils l'avaient prévu : sortirent du musée et rentrèrent par la porte de derrière. Lorsque le gardien de l'entrée en question leur demanda de laisser leurs étuis au vestiaire, Claudia lui dit qu'ils ne faisaient que traverser le musée pour rejoindre leur maman. Le gardien les laissa passer, sachant que s'ils allaient plus loin, un autre gardien les arrêterait à son tour. Ils parvinrent toutefois à éviter d'autres gardiens au cours des dernières minutes avant la sonnerie. La sonnerie signifiait que le musée fermait dans cinq minutes. C'est à ce moment-là qu'ils se cachèrent dans les toilettes. Ils restèrent cachés jusqu'à 17 h 30, certains qu'il n'y avait plus personne. Ils sortirent alors de leurs cachettes et se retrouvèrent. A 17 h 30, l'hiver, c'est la nuit mais elle ne paraît nulle part aussi sombre que dans le Metropolitan Museum. Les plafonds sont si hauts que les pièces semblent remplies d'obscurité. Jamie et Claudia eurent l'impression de parcourir des kilomètres de couloirs ; heureusement, ils étaient larges, ce qui évitait de se cogner contre les objets.

Enfin, ils arrivèrent à la salle de la Renaissance anglaise. Jamie se jeta immédiatement sur le lit, oubliant qu'il était à peine six heures du soir et certain qu'il allait s'endormir tout de suite, tant il était fatigué. Il ne s'endormit pas. Il avait faim. C'était une des raisons pour lesquelles il ne s'endormit pas tout de suite. Il était mal à l'aise, aussi. Alors, il se leva, mit son pyjama et se recoucha. Il se sentit un peu mieux. Claudia avait déjà mis son pyjama, elle avait faim elle aussi et n'était pas très à l'aise non plus. Comment un lit aussi élégant et romantique pouvait-il sentir le moisi à ce point ? Elle aurait aimé laver draps et couvertures avec une bonne lessive détergente et parfumée.

Quand Jamie se remit au lit, ça n'allait pas mieux et ce malaise ne venait pas de la crainte d'être découvert. Claudia avait si bien tout organisé, que cette idée ne l'effleurait pas. Son étrange sensation ne venait pas non plus de l'endroit bizarre où ils passaient la nuit. Claudia la ressentait aussi. Jamie réfléchit longuement, et enfin il comprit.

« Claude, chuchota-t-il, je ne me suis pas brossé les dents ! »

Claudia répondit :

« Écoute, Jamie, tu ne peux pas les brosser après chaque repas ! »

Ils rirent tous deux doucement.

« Demain, le rassura Claudia, nous serons mieux organisés. »

Ils s'étaient couchés beaucoup plus tôt qu'à la maison, mais Claudia était quand même fatiguée. Elle se dit qu'elle souffrait peut-être d'anémie ou d'une carence en fer, son sang devait être appauvri. Les émotions de la journée avaient peut-être provoqué chez elle un état de stress qui l'avait épuisée. Peut-être sa faiblesse était-elle due à la faim, les cellules de son cerveau, privées d'un oxygène indispensable à leur survie... Elle bâilla.

Elle avait tort de s'inquiéter. Leur journée avait été extraordinairement bien remplie. Remplie et extraordinaire. Elle s'allongea dans le grand silence du musée, à côté du chaud silence de son frère, et laissa une douce paix les envelopper : une couverture de silence se répandit de leur tête à leurs pieds et pénétra leur âme. Ils s'étendirent et se détendirent. Au lieu de « stress » et « oxygène », Claudia se mit à penser à des mots doux et chuchotants : glisser, fourrure, banane, tendresse. Même les pas du veilleur de nuit ne firent qu'ajouter une cadence au silence qui s'était transformé en une berceuse fredonnée.

Ils restèrent parfaitement immobiles longtemps après qu'il fut passé. Puis ils se souhaitèrent une bonne nuit, tout bas, et s'endormirent. Dormeurs calmes et dissimulés par la profondeur de la nuit, il y avait peu de chances pour qu'on les découvre. (Bien sûr, Saxonberg, les draperies du fameux lit y étaient pour quelque chose.)

4

Claudia et Jamie se réveillèrent très tôt le lendemain matin. Il faisait encore nuit. Leur estomac leur semblait des tubes de dentifrice qu'on aurait pressés au maximum. Des tubes géants, format économique. Il fallait sortir du lit et se cacher avant l'arrivée du personnel. Ils n'avaient ni l'un ni l'autre l'habitude de se lever si tôt, de se sentir si sales, ni d'avoir si faim.

Ils s'habillèrent en silence. Ils ressentaient tous les deux ce froid particulier du petit matin. Un froid qui doit provenir du sang lui-même, puisqu'on le ressent été comme hiver, venant d'une région à l'intérieur de nous qui semble savoir que c'est le point du jour. Claudia avait toujours détesté ce moment entre le pyjama qu'on vient d'ôter et les sous-vêtements qu'on n'a pas mis encore. Avant de se déshabiller, elle étalait toujours ses sous-vêtements sur le lit, dans le bon ordre, prêts à être enfilés le plus rapidement possible. Elle le fit ce jour-là aussi, mais elle traîna un peu plus que d'habitude à passer son tricot de corps par-dessus sa tête pour prendre le temps de renifler à grands traits la merveilleuse odeur de lessive et de coton frais qui s'en dégageait. Juste après toutes les formes d'élégance, Claudia adorait l'odeur de la propreté.

Lorsqu'ils furent habillés, Claudia chuchota à Jamie : « Planquons nos cartables avant de regagner nos postes. »

Ils décidèrent d'un commun accord de disperser leurs possessions. Ainsi, même s'ils trouvaient un objet, les responsables du musée ne les découvriraient pas forcément tous. Avant de partir de chez eux, ils avaient retiré de leurs affaires tout signe distinctif. N'importe quel enfant, après seulement un mois de télévision, sait au moins cela.

Claudia cacha son étui à violon dans un sarcophage sans couvercle. Il était bien au-dessus du niveau du regard et Jamie dut lui faire la courte échelle pour qu'elle puisse l'atteindre. C'était un superbe sarcophage romain en marbre sculpté. Elle cacha son cartable derrière un paravent en tapisserie dans les salles du mobilier français. Jamie

voulait cacher ses affaires dans un cercueil
de momie, mais Claudia trouva que c'était
une complication inutile. L'aile égyptienne
du musée était trop loin de leur chambre à
coucher. Tant qu'à prendre des risques,
autant aller en Égypte. L'étui à trompette fut
donc dissimulé dans une grande urne et le
cartable de Jamie fut poussé derrière les plis
d'une tenture qui servait de toile de fond à

une statue du Moyen Age. Malheureusement, tous les tiroirs des meubles étaient condamnés. Les gens du musée n'avaient jamais accordé la moindre pensée au bon plaisir de Jamie Kincaid.

« Regagner leurs postes » signifiait retourner se cacher dans les toilettes pendant le laps de temps périlleux où le musée était ouvert au personnel mais pas encore au public. Ils firent leur toilette, se coiffèrent et se brossèrent même les dents. Et la longue attente commença. Le premier matin, ils ne savaient pas très bien à quelle heure le personnel avait l'habitude d'arriver. Ils se cachèrent donc très bien et très tôt. Alors que Claudia était accroupie sur sa cuvette, le vide immense de tous les couloirs du musée emplit son estomac. Elle était affamée. Elle passa son temps à essayer de ne pas penser à toutes sortes de bonnes choses à manger.

Jamie fit une petite erreur, ce matin-là, qui faillit le faire prendre. Entendant de l'eau couler, il se dit que quelque visiteur du sexe masculin était en train de se laver les mains. Il vit à sa montre qu'il était 10 h 05. Comme il savait que le musée ouvrait ses portes à 10 heures, il descendit de sa cuvette pour sortir du cabinet. Ce n'était pas un visiteur qui avait fait couler l'eau mais un gardien qui venait remplir son seau. Il était en train d'essorer sa serpillière quand il vit les jambes de Jamie sortir de nulle part et Jamie apparaître.

« D'où tu viens, toi ? » demanda-t-il.

Jamie sourit et répondit : « Maman dit toujours que je suis tombé du ciel. » Il salua poliment et sortit, ravi de son sang-froid face au danger. Il brûlait d'impatience de raconter l'épisode à Claudia.

Elle attendit pour s'en amuser d'avoir le ventre un peu moins creux. Le restaurant du musée n'ouvrait pas avant 11 h 30 et le snack plus tard, ils sortirent donc du musée pour prendre leur petit déjeuner. Ils allèrent au distributeur automatique où ils dépensèrent pour un dollar de la petite monnaie de Bruce. Jamie alloua dix pièces de cinq *cents* à Claudia et en garda dix pour lui-même. Il s'acheta un sandwich au fromage et du café. Après cela il avait encore faim et il dit à Claudia qu'elle pouvait avoir encore vingt *cents* pour s'acheter de la tarte si elle voulait. Claudia, qui avait mangé des céréales et bu du jus de pamplemousse, lui fit un sermon sur l'hygiène alimentaire. Menu de petit déjeuner pour le petit déjeuner et menu de déjeuner pour le déjeuner. Jamie se plaignit de l'étroitesse d'esprit de Claudia.

Cette deuxième journée s'organisa mieux que la première. Sachant qu'ils n'avaient pas les moyens de prendre plus de deux repas par jour, ils étaient passés chez un épicier où ils avaient acheté des biscuits au beurre de cacahuète. Ils les cachèrent dans différentes poches de leurs vêtements. Pour le déjeuner, ils décidèrent de se joindre à un groupe scolaire au snack. Il y en avait plusieurs parmi lesquels ils purent faire leur choix. Ainsi leurs visages se fondraient dans la foule. Sur le chemin du retour, le matin, Claudia avait annoncé à Jamie qu'ils allaient profiter de la merveilleuse occasion qui leur était offerte d'étudier et de s'instruire. Aucun enfant au monde depuis la nuit des temps n'avait eu une telle chance. Elle prit donc la résolution pour elle et pour son frère d'apprendre tout sur le Metropolitan. (Claudia ne se rendait probablement pas compte que le musée contenait plus de trois cent cinquante mille œuvres d'art. Et même si elle l'avait su, personne n'aurait, je pense réussi à la convaincre qu'il lui serait impossible de tout apprendre sur tout. Ses ambitions étaient aussi énormes et aussi variées que celles du musée lui-même.)

Elle suggéra qu'ils choisissent chaque jour une salle sur laquelle ils apprendraient tout ce qu'il était possible d'apprendre. Jamie aurait le droit de choisir la première, elle choisirait la deuxième, lui la troisième et ainsi de suite. Comme le programme de télé à la maison. Jamie trouvait excessif d'apprendre quelque chose chaque jour. L'idée ne lui semblait pas seulement choquante mais inutile. Claudia n'était décidément pas douée pour les fugues. Il se dit qu'il allait mettre un point final à leur carrière de fugueurs. Il opta pour les salles de la Renaissance italienne. Il n'avait aucune idée de ce qu'était la Renaissance, à part que ça avait l'air important et qu'il y avait une foule de choses. Claudia, découragée, abandonnerait vite.

En laissant Jamie décider le premier, Claudia était sûre qu'il choisirait les Armes et Armures. Elle-même trouvait le sujet intéressant. Il y en avait pour deux jours d'étude environ. Peut-être même le choisirait-elle le lendemain.

La décision de Jamie surprit Claudia. Mais elle crut deviner ce qui attirait son frère dans la Renaissance italienne. Elle avait suivi des cours d'initiation à l'art l'année précédente en même temps que des cours de tennis, de danse classique et de plongée sous-marine. Son professeur disait que « la Renaissance fut une ère de glorification de la figure humaine » ; elle croyait bien comprendre que cela signifiait des corps nus. Beaucoup de peintres de la Renaissance italienne avaient peint de plantureuses femmes nues avec des gros seins. Cela la surprit de la part de Jamie, elle le croyait trop jeune pour ce genre de choses. Il l'était. Il ne lui vint même pas à l'idée que Jamie espérait la décourager. Elle lui avait laissé le premier choix, elle le respecterait. Elle le suivit donc jusqu'à l'escalier central, face à l'entrée principale, qui menait directement à la salle de la Renaissance italienne.

S'il vous vient à l'idée de faire une chose à New York, vous pouvez être certain qu'au moins deux mille autres personnes auront eu la même idée. Et sur ces deux mille, environ mille feront la queue pour cela. Ce jour-là ne fit pas exception à la règle. Il y avait une queue d'au moins mille personnes pour voir les œuvres exposées dans la salle.

Claudia et Jamie ne virent rien d'anormal à l'importance de la foule. New York était comme ça ! « Surpeuplé » était un mot qui faisait partie de la définition de New York. (Pour beaucoup d'experts d'art, « surpeuplé » fait aussi partie de la définition de la Renaissance italienne, le saviez-vous, Saxonberg ? C'était une époque comme cela : la création artistique était partout. Répertorier les artisans italiens du XVe et du XVIe siècle est aussi difficile que d'essayer de comprendre quelque chose aux lois fiscales des années 50 et 60 aux États-Unis. Et presque aussi compliqué.)

Lorsqu'ils arrivèrent en haut de l'escalier, un gardien leur dit : « Rangez-vous à droite, sur une seule file, s'il vous plaît. » Ils obéirent, d'abord parce qu'ils ne voulaient pas avoir de problèmes avec le gardien, ni attirer son attention, et ensuite parce qu'ils furent emportés par la foule. Des bras de femmes

armés de livres de poche et des bras d'hommes avec des manteaux, formaient un obstacle aussi infranchissable qu'une haie de barbelés. Claudia et Jamie se tenaient comme tous les enfants dans une file d'attente : la nuque et la tête en arrière en une vaine tentative pour regarder pardessus l'épaule des adultes qui les précèdent. Jamie ne voyait rien d'autre que le manteau de l'homme qui était devant lui. Claudia ne voyait rien d'autre d'un bout de la tête de Jamie et le manteau de l'homme devant lui.

Ils comprirent qu'ils approchaient de quelque chose d'extraordinaire en voyant un photographe de presse longer la file d'attente. Le reporter portait un gros appareil photo noir muni d'un flash, et le mot *Times* était inscrit au marqueur blanc sur l'étui. Jamie essaya de ralentir son allure pour rester à la hauteur du photographe. Il ne savait pas pour quelle raison on le photographierait mais il aimait bien se faire prendre en photo, surtout pour un journal. Une fois, sa classe avait visité la caserne des pompiers et il avait eu sa photo dans le journal. Il l'avait acheté en sept exemplaires et s'était servi de la page pour recouvrir ses livres. Quand le papier avait commencé à se déchirer, il avait mis du plastique transparent pardessus. Les livres en question étaient toujours sur une étagère dans sa chambre.

Claudia sentit le danger. Elle au moins

se rappelait qu'ils avaient fait une fugue, et elle n'avait aucune envie qu'un quotidien new-yorkais fasse de la publicité autour d'elle, ni autour de Jamie d'ailleurs. Surtout si ses parents s'étaient mis à sa recherche. Quelqu'un à Greenwich allait forcément lire le *New York Times* et dire à la famille qu'ils étaient dans le journal. Ce serait plus qu'un simple indice. Ce serait réserver à ceux qui les cherchaient un bus affecté tout exprès pour les mener à la cachette. Son frère n'apprendrait donc jamais la discrétion? Elle le bouscula.

75

Il faillit se cogner dans l'homme au manteau, se retourna et lança à sa sœur un regard meurtrier. Claudia l'ignora parce qu'ils étaient arrivés devant l'objet qui avait suscité la curiosité de tous ces gens : la statue d'un ange, les bras croisés et l'air divin. En la voyant, Claudia se dit que c'était la plus belle et la plus adorable petite statue qu'elle ait jamais vue. Elle eut envie de s'arrêter pour la contempler à loisir, mais la foule l'en empêcha. Jamie regarda à peine la statue tant il réfléchissait au moyen de se venger du coup que lui avait administré Claudia. Ils suivirent la queue jusqu'à la sortie de la salle de la Renaissance. Lorsqu'ils arrivèrent au bout du couloir délimité par des cordons de velours pourpre, ils se retrouvèrent directement dans l'escalier qui conduisait au rez-de-chaussée. Claudia était perdue dans le souvenir de l'ange ravissant qu'elle venait de voir. Pourquoi donnait-il l'impression d'être un personnage si important et si spécial ? Bien sûr, il était d'une grande beauté, gracieux, parfait. Mais tant de choses l'étaient dans ce musée. Son sarcophage par exemple, celui dans lequel elle avait caché son étui à violon. Pourquoi cet ange intéressait-il tant les gens ? Cet homme était venu prendre des photos de la statue ; on parlerait donc de l'ange dans le journal du lendemain. Ils sauraient tout en lisant le *Times*.

Claudia dit à Jamie :

« Il faudra acheter le *New York Times* demain pour voir la photo. »

Jamie était toujours fâché à cause du coup qu'elle lui avait donné. Pourquoi achèterait-il le journal? Il ne serait même pas dedans. Il décida de se venger de Claudia avec la seule arme dont il disposait: les cordons de la bourse.

« Nous n'avons pas les moyens d'acheter le *New York Times*, ça coûte dix *cents*, répondit-il.

— Il nous faut ce journal, Jamie. Tu n'as pas envie de savoir pourquoi cette statue est tellement importante? Et pourquoi tous ces gens font la queue pour la voir! »

Jamie trouvait beaucoup plus important de faire comprendre à Claudia qu'elle n'avait aucun droit de le frapper en public et sa curiosité pour le moment passait au second plan. « Demain, tu pourras peut-être pousser quelqu'un, le faire tomber et lui voler son journal pendant qu'il essaiera de se relever! En tout cas, je crains que notre budget ne nous permette pas cette dépense. »

Ils marchèrent pendant un moment puis Claudia dit: « Je trouverai un moyen. » Et elle semblait en effet très décidée.

Elle était aussi fermement déterminée à étudier. Ils n'allaient pas sauter les cours aussi facilement.

« Puisque nous ne pouvons pas tout apprendre sur la Renaissance italienne, nous allons tout apprendre sur l'Égypte, ce sera notre sujet d'aujourd'hui », déclara-t-elle.

Jamie n'aimait pas les leçons, mais il aimait bien les momies. Ils se dirigèrent donc vers l'aile égyptienne. Là, ils rencontrèrent une classe qui faisait aussi le tour des salles. Chaque enfant portait sur la poitrine un badge rond en carton bleu, sur lequel était inscrit au marqueur : GR. 6 WPS. Les élèves étaient assis sur des petits matelas en caoutchouc autour d'une vitrine à l'intérieur de laquelle reposait dans un sarcophage la momie dont ils étaient en train de parler. Le professeur était assis sur une chaise pliante. Jamie et Claudia s'approchèrent et s'intégrèrent au groupe. Ils écoutèrent le guide, une jolie jeune femme qui travaillait pour le musée, et ils apprirent beaucoup de choses. Cela ne les ennuya même pas. Ils furent surpris de constater qu'on pouvait apprendre quelque chose en dehors de l'école. Le guide leur expliqua comment on préparait les momies et comment le climat sec de l'Égypte contribuait à les préserver. Elle leur parla des fouilles dans les tombes, et de la belle princesse Sit-Hat-Hor-Yunet dont ils pourraient voir les bijoux dans une autre salle. Avant de quitter celle-ci, elle voulut

savoir si quelqu'un avait des questions à poser. (Comme je suis sûre, Saxonberg, que cette classe ne différait en rien des autres groupes scolaires que j'ai pu observer au musée, je peux vous dire exactement ce que faisaient les élèves au moment où le guide posa cette question : douze membres au moins du GR. 6 WPS s'envoyaient des bourrades dans les côtes, douze autres se demandaient quand ils allaient manger, quatre s'inquiétaient de savoir dans combien de temps ils pourraient boire un verre d'eau. Jamie seul avait une question à poser :

« Ça coûtait combien de se faire momifier ? »)

La jolie guide crut qu'il faisait partie de la classe et le professeur pensa qu'il avait été placé au milieu du groupe pour animer le débat. La classe sut tout de suite qu'il s'agissait d'un imposteur, et à peine eut-on remarqué Claudia qu'elle fut cataloguée aussi. Mais les élèves avaient ces bonnes manières que donne l'indifférence : ils laissèrent les imposteurs tranquilles. La question de Jamie eut cependant pour effet que dix élèves arrêtèrent de se bousculer, six oublièrent qu'ils avaient faim et trois trouvèrent qu'il n'était pas si urgent de boire, après tout. Quant à Claudia, elle eut envie d'embaumer, à la seconde, Jamie dans une cuve de fluide momifiant. Ça lui apprendrait la discrétion.

La jeune guide répondit à Jamie que certaines personnes économisaient toute leur vie pour devenir des momies après leur mort, c'était en effet très cher.

Quelqu'un dans le groupe lança :

« On peut même dire que ça leur coûtait la vie ! »

Tout le monde éclata de rire. Puis ils ramassèrent leurs matelas et se dirigèrent vers la salle suivante. Claudia s'apprêtait à faire sortir Jamie du rang pour l'emmener voir une autre partie du musée, mais elle aperçut ce que contenait la seconde salle égyptienne : elle était remplie de bijoux, des vitrines à n'en plus finir. Ils y suivirent donc la classe. Après un bref discours, le guide leur dit au revoir, ajouta que s'ils le désiraient, ils pouvaient acheter des dépliants sur l'Égypte édités par le musée. Jamie demanda si ces dépliants coûtaient cher.

« Certains coûtent à peine le prix du *New York Times*, d'autres beaucoup plus cher », lui fut-il répondu.

Jamie regarda Claudia à ce moment-là ; il n'aurait pas dû. Elle avait l'air satisfait du chat égyptien en bronze devant lequel elle se tenait. La seule différence entre les deux était que le chat portait des petites boucles d'oreilles en or et qu'il avait l'air un peu moins moqueur.

Ils eurent le *New York Times* le lendemain, sans avoir eu à l'acheter. L'homme qui l'avait laissé sur un comptoir pour regarder des reproductions de bijoux anciens l'avait acheté, lui. Les Kincaid le lui volèrent, et quittèrent le musée immédiatement après.

Claudia lut le journal en prenant son petit déjeuner chez Horn et Hadart. Ce matin-là, elle ne prit pas un vrai menu de breakfast pour le petit déjeuner. Les cacahuètes grillées et les biscuits de la veille au soir n'avaient comblé qu'un tout petit peu de sa faim. La faim ! c'était décidément le principal inconvénient des fugues. Elle décida de manger de

bon appétit pour chaque *cent* que lui octroierait Jamie. Elle prit ce matin-là un plat de pâtes au fromage, des haricots et du café. Jamie aussi.

L'information qu'ils cherchaient se trouvait en première page de la deuxième rubrique du *Times*. Le gros titre annonçait : FOULE RECORD POUR LA NOUVELLE ACQUISITION DU MUSÉE.

Il y avait trois photos. Une de la foule faisant la queue, une de la statue elle-même, et une du directeur du musée avec son

assistant. L'article qui accompagnait les photos disait ce qui suit. (Vous trouverez la coupure originale du journal dans mes archives, Saxonberg, elle se trouve sur l'une des sept étagères qui longent le mur nord de mon bureau.)

« *Les responsables du Metropolitan Art Museum déclarent que 100 000 personnes ont aujourd'hui gravi les marches du grand escalier pour apercevoir la toute dernière acquisition du musée, une statue de 61 centimètres de haut dite "l'Ange". L'intérêt porté à la pièce de marbre provient des circonstances inhabituelles de son acquisition par le musée et également d'une rumeur selon laquelle ce serait l'œuvre d'un grand maître de la Renaissance italienne, Michel-Ange. Si l'on parvenait à prouver que la statue est bien une œuvre de jeunesse du grand artiste, le musée aurait fait une des plus belles affaires de l'histoire de l'Art. La statue fut en effet achetée pour la somme de 225 dollars, lors d'une vente aux enchères, l'année dernière. Si l'on se souvient que le prince Franz Joseph II a payé 5 millions de dollars une petite toile de Léonard de Vinci, artiste de la même époque et de mérite équivalent, on peut se faire une idée de la "bonne affaire" en question.*

Le musée a acheté la statue l'année dernière; l'un de ses acheteurs l'avait repérée à l'exposition précédant une vente aux enchères de la galerie Parke-Bernet. Sa première intuition qu'il pouvait s'agir d'une sculpture du grand maître fut confirmée par plusieurs autres responsables du musée, qui se gardèrent tous de divulguer leurs impressions, espérant ainsi et à juste titre éviter une hausse des enchères. La sculpture a fait l'objet d'expertises innombrables et de tests répétés, pratiqués par la direction du musée ainsi que par plusieurs experts venus de l'étranger. La plupart ont estimé que la statue avait effectivement été sculptée par Michel-Ange lorsqu'il avait entre vingt et vingt-cinq ans, c'est-à-dire il y a environ 470 ans.

La statue a été achetée par la galerie Parke-Bernet à Mme Basil E. Frankweiler. Mme Frankweiler dit l'avoir acquise chez un marchand d'art de Bologne, en Italie, avant la Seconde Guerre mondiale. La résidence personnelle de Mme Frankweiler, dans la 63e Rue à Manhattan, a longtemps été considérée comme abritant l'une des plus belles collections privées de l'hémisphère ouest. Certains estiment qu'il s'agit d'un vaste bric-à-brac de merveilles et de médiocrités. Mme Frankweiler ferma son appartement de Manhattan il y a trois ans. D'importantes pièces de sa collection furent vendues depuis aux enchères et à des galeries.

M. Frankweiler avait fait fortune dans la fabrication industrielle d'huile de maïs et autres dérivés du maïs. Il mourut en 1947.

Mme Frankweiler vit aujourd'hui dans sa pro-priété de Farmington, Connecticut. Sa maison, qui fut naguère un lieu de rencontre pour les grands noms du monde des arts, des affaires et de la politique, est maintenant fermée à tous sauf à son personnel, ses conseillers et quelques amis privilégiés. Les Frankweiler n'ont jamais eu d'enfants.

Un porte-parole du musée a déclaré hier: "Qu'il soit ou non prouvé que la statue est l'œuvre de Michel-Ange, nous sommes contents de notre acquisition. Bien que Michel-Ange Buonarroti soit plus célèbre pour ses peintures des plafonds de la chapelle Sixtine à Rome, il s'est toujours considéré lui-même avant tout comme un sculpteur, et plus particulièrement comme un sculpteur de marbre. La question de savoir si le musée possède là un de ses chefs-d'œuvre méconnus reste à ce jour sans réponse." »

Si Claudia s'était intéressée à autre chose qu'à l'Ange, si elle avait commencé par lire les nouvelles nationales en première page et la suite en page 28, elle aurait pu remarquer un petit article, dans une colonne de cette page-là justement, et qui aurait retenu son attention. Le titre disait: GREENWICH, CONNECTICUT, puis signalait que deux enfants de M. et Mme Steven C. Kincaid avaient disparu depuis mercredi. L'article ne mentionnait aucun indice tel que la lettre de

Claudia. Il disait simplement que les enfants avaient été vus pour la dernière fois portant des blousons de ski en nylon; ce qui n'avançait guère les recherches, quatorze enfants américains sur quinze portant ce genre de blouson. L'article précisait ensuite que Claudia était brune et jolie et que Jamie était brun avec des yeux marron. La police des villes limitrophes, Darien et Stamford dans le Connecticut, ainsi que celle de Port-Chester dans l'État de New York, avaient été alertées. (Vous voyez, Saxonberg, Claudia avait trouvé l'article sur l'Ange trop facilement. Elle n'a même pas pris la peine de regarder le début du journal. Je vous l'ai toujours dit: la recherche en elle-même est souvent plus intéressante que le résultat. Gardez cela à l'esprit quand vous chercherez quelque chose dans mes archives.)

Claudia et Jamie lurent l'article sur la statue avec beaucoup d'intérêt. Claudia le lut deux fois pour être sûre de s'en souvenir parfaitement. Elle en conclut que la statue n'était pas seulement la plus belle du monde mais aussi la plus mystérieuse.

Quant à Jamie, il déclara:

« Moi, je ne trouve pas que 225 dollars c'est bon marché! Je n'ai jamais eu autant d'argent de toute ma vie. En additionnant tous mes cadeaux d'anniversaire et de Noël depuis ma naissance, il y a neuf longues années, je n'arrive même pas à 225 dollars. »

Claudia répondit :

« Tu ne trouves pas que deux dollars et vingt-cinq *cents* c'est beaucoup d'argent, n'est-ce pas ?

— Je pourrais !

— Oui, c'est ça, tu pourrais, mais tu vois, la majorité des gens trouvent que c'est peu. Et si cette statue a été sculptée par Michel-Ange, elle vaut 2 250 000 dollars au lieu de 225. C'est comme si on disait que 2 dollars et 25 *cents* valent tout à coup 225 dollars. »

Jamie réfléchit à la question pendant plus d'une minute. Cela l'impressionnait.

« Quand je serai grand, dit-il, je découvrirai un moyen infaillible de savoir qui a fait une statue. »

C'était exactement ce que Claudia attendait. Quelque chose avait germé dans son esprit depuis qu'elle avait vu la statue, avait pris corps à la lecture du journal et devenait à présent une idée.

« Jamie, faisons-le maintenant, laissons tomber le projet d'apprendre tout sur tout dans le musée. Concentrons-nous sur la statue !

— On pourra quand même continuer à faire des visites guidées comme hier ?

— Bien sûr, on peut quand même apprendre un peu sur tout, mais on abandonne l'idée d'apprendre tout sur tout. On va se concentrer sur Michel-Ange. »

Jamie claqua des doigts :

« J'ai une idée ! » s'écria-t-il. Il montra ses mains à Claudia.

« Qu'est-ce que cela veut dire ? Pourquoi me montres-tu tes mains ?

— Les empreintes digitales, idiote, si Michel-Ange a travaillé sur cette statue, ses empreintes digitales doivent être dessus.

— Des empreintes digitales ! Des empreintes digitales vieilles de presque cinq cents ans ? Et comment saurons-nous si ce sont celles de Michel-Ange ? Il n'avait pas de casier judiciaire. Enfin, je suppose qu'il n'en avait pas. En fait, je ne pense pas qu'on prenait les empreintes digitales des gens à cette époque, même s'ils étaient délinquants.

— Et si on trouve des empreintes identiques sur une autre œuvre qu'il a sûrement faite ? On pourrait les comparer ! »

Claudia continua à regarder la photo en mangeant ses haricots.

« Jamie, dit-elle, tu ne trouves pas que l'Ange ressemble à quelqu'un ? » Elle croisa les bras et prit un air absent.

« Non, je ne vois personne dans mon entourage qui ressemble à un ange.

— Réfléchis un peu. » Elle toussota légèrement, leva le menton et prit l'air absent. « Ne pense pas à la coiffure ni aux vêtements. Regarde seulement son visage. » Elle mit le journal sous le nez de Jamie et reprit la pose. Jamie observa docilement la photo.

« Non, dit-il en relevant la tête.

— Tu ne vois aucune ressemblance ?

— Non. » Il regarda la photo de nouveau. « A qui trouves-tu qu'il ressemble ?

— Oh, je ne sais pas exactement », bégaya-t-elle.

Jamie vit que Claudia rougissait :

« Qu'est-ce que tu as ? De la fièvre ?

— Mais non, tu es bête ! Je trouve seulement que l'ange ressemble un peu à quelqu'un de notre famille.

— Tu es sûre que tu n'as pas de fièvre, tu délires ! »

Claudia décroisa les bras et abandonna son air absent.

« Je me demande qui a posé pour cette statue, dit-elle à mi-voix.

— Probablement une grosse vieille dame. Et puis le ciseau a glissé et l'artiste a fait un ange maigre à la place.

— Jamie, tu es aussi romantique que le loup dans le Petit Chaperon rouge.

— Romantique, saucisse ! Je m'en fiche du romantisme, moi j'aime le mystère !

— Moi aussi ! répliqua Claudia, mais l'Ange a quelque chose de plus que du mystère.

— Bon alors, on va chercher les empreintes digitales ? »

Claudia réfléchit. « Oui, on va peut-être chercher des empreintes, pour commencer, c'est une possibilité. » Elle regarda Jamie et soupira. « Mais je suis sûre que ça ne marchera pas. On verra ça demain. Même si ça ne peut pas marcher. » Et elle se replongea dans sa contemplation de la photo.

Le deuxième jour, la file d'attente qui montait l'escalier pour aller voir le petit Ange, était encore plus grande. L'article du journal avait excité la curiosité des gens . En plus, le ciel était nuageux et la fréquentation d'un musée s'améliore toujours par temps couvert. Il y avait des gens qui n'étaient pas venus au Metropolitan Museum depuis des années, et d'autres qui n'étaient jamais venus ; ceux-là trouvèrent le chemin en questionnant des conducteurs de bus et des agents de police et en consultant des plans. (Je m'étonne, Saxonberg, que la mention de mon nom dans un journal, associé à celui de Michel-Ange, ne vous ait pas conduit au musée, vous aussi. La visite vous aurait été plus profitable que vous ne le pensez. Les photos de vos petits-enfants sont-elles vraiment les seules images que vous regardiez ? Êtes-vous véritablement inconscient de la magie du nom de Michel-Ange ? Pour ma part, je suis convaincue que ce nom garde sa magie aujourd'hui. La plus belle des magies parce qu'elle vient d'une réelle grandeur. Claudia eut la même impression en se tenant une fois de plus dans la file d'attente. Le mystère l'intéressait, mais la magie la captivait.)

Les deux enfants regrettèrent bien que la foule et les gardiens les obligent à passer très vite devant l'Ange. Comment chercher des empreintes digitales à cette vitesse? Après la visite éclair à la statue, ils décidèrent de mener leur enquête lorsqu'ils auraient la statue et le musée pour eux tout seuls. Claudia en particulier voulait se valoriser aux yeux de l'Ange: elle découvrirait son secret et l'Ange, à son tour, ferait pour Claudia quelque chose d'important, elle ne savait pas quoi encore.

Comme ils allaient, une fois de plus, descendre l'escalier, Claudia demanda:

« Avec qui allons-nous déjeuner aujourd'hui, Sir James? »

« Je ne sais pas, répondit Jamie, Lady Claudia, je suggère que nous nous joignions à un groupe de sympathiques jeunes gens!

— Excellente idée, Sir James. »

Jamie lui offrit son bras sur lequel Claudia posa délicatement le bout de ses doigts, et ils descendirent ainsi l'escalier. Ils furent aussi difficiles dans leur choix que Boucle d'or. Un groupe était trop vieux, l'autre trop jeune, un troisième trop petit et dans le quatrième il n'y avait que des filles. Ils finirent par trouver un groupe de jeunes gens sympathiques dans l'aile américaine et ils passèrent en leur compagnie une bonne heure et demie fort instructive à apprendre un tas de choses sur l'Art à l'époque coloniale. Ils déjeunèrent avec le groupe, en prenant garde de ne pas s'y mêler, tout en restant très près. C'était devenu chez eux un véritable talent. (Vous remarquerez, Saxonberg, que certaines personnes peuvent vivre une vie entière sans acquérir ce talent, alors que d'autres, au contraire, y arrivent très bien.)

5

Il y avait maintenant trois jours qu'ils étaient partis de chez eux. Claudia avait insisté pour qu'ils changent de sous-vêtements tous les jours. On l'avait élevée comme ça, et elle imposa cette règle à Jamie. Pas de discussion à ce sujet. Leur linge sale commençait à poser un problème, il fallait aller dans une laverie automatique. Cette nuit-là, ils sortirent leur linge sale des étuis à instruments et mirent tout ce qu'ils purent dans leurs poches. Ils enfilèrent sur eux les vêtements qui ne rentraient pas dans leurs poches. On supporte très bien une double épaisseur en hiver, il suffit de porter les vêtements les plus propres près du corps.

Samedi leur sembla un bon jour pour la

corvée de lessive. Il n'y aurait pas de groupe scolaire à suivre. Claudia proposa qu'ils prennent leurs deux repas dehors. Jamie était d'accord. Ensuite Claudia suggéra un vrai restaurant avec des tables, des nappes et des serveurs. Jamie dit NON, tellement fort qu'elle n'essaya même pas de le convaincre.

Après le petit déjeuner au distributeur automatique, ils allèrent laver leur linge à la laverie automatique. Ils vidèrent leurs poches pleines de sous-vêtements sales, et retirèrent une par une les épaisseurs de chaussettes souillées. Personne ne s'en offusqua. D'autres avaient probablement fait la même chose avant eux cette semaine-là. Ils achetèrent 10 *cents* de lessive au distributeur et mirent une pièce de 25 *cents* dans la fente de la machine à laver. A travers le hublot, ils regardèrent leurs vêtements emmêlés tourner et retourner, en faisant splash, splash dans tous les sens à l'intérieur du tambour. Le séchoir coûtait 10 *cents* pour dix minutes, mais il leur fallut le double pour tout sécher. Quand ce fut fini, ils regardèrent leur linge avec déception : il était devenu triste et grisâtre, vraiment moche. Claudia avait bien pensé qu'il ne fallait pas laver les sous-vêtements blancs avec les chaussettes rouges et bleu marine, mais il n'était pas question de réclamer de l'argent à Jamie pour une

chose aussi peu attrayante que des chaussettes sales.

« Enfin, bougonna-t-elle, au moins ils sentent le propre. »

« Si nous allions au rayon audiovisuel de
Bloomingdale regarder la télé ? suggéra
Jamie.

— Pas aujourd'hui. Il faut que nous
enquêtions sur le mystère de la statue toute
la matinée de demain parce que le musée
n'ouvre qu'à une heure de l'après-midi.
Aujourd'hui, nous devons apprendre tout
sur la Renaissance et sur Michel-Ange pour
nous préparer. Nous ferons des recherches à
la grande bibliothèque de la 42ᵉ Rue.

— Et le rayon télé de chez Macy ?

— A la bibliothèque, Sir James.

— Gimbels ?

— Bibliothèque. »

Ils remirent leur linge grisâtre dans leurs
poches et se dirigèrent vers la porte de la
laverie. Au moment de sortir, Claudia se
retourna vers Jamie :

« On peut... ? »

Jamie ne la laissa pas finir :

« Non, chère Lady Claudia, nous n'avons
pas les moyens de prendre des taxis, ni des
bus, ni des métros. Une petite promenade,
jolie mademoiselle ? »

Il lui tendit son bras. Claudia posa délicatement ses doigts gantés sur la moufle de

Jamie, et c'est ainsi qu'ils commencèrent leur longue marche vers la bibliothèque.

Lorsqu'ils furent arrivés, ils demandèrent à la dame du guichet des renseignements où ils pourraient trouver des livres sur Michel-Ange. Elle commença par les envoyer au rayon des livres d'enfants, mais quand la bibliothécaire de la littérature enfantine comprit ce qu'ils cherchaient, elle leur conseilla d'aller voir à la bibliothèque Donnell Branch sur la 53e Rue. Jamie espéra que cela découragerait Claudia, mais pas du tout. Elle n'eut même pas l'air ennuyé de reprendre la 5e Avenue dans le sens inverse. Sa détermination convainquit Jamie que le samedi se passerait comme ça. Lorsqu'ils furent arrivés à la bibliothèque, ils consultèrent le répertoire des ouvrages disponibles, où on pouvait les trouver et à quelle heure la bibliothèque était ouverte. Dans la section du rez-de-chaussée réservée aux livres d'Art, la bibliothécaire les aida à trouver les livres que Claudia sélectionnait à partir du fichier. Elle leur en apporta même quelques-uns de plus. Claudia apprécia beaucoup cet épisode. Elle avait toujours aimé être servie.

Elle entreprit son étude sans douter un instant qu'elle deviendrait une autorité en la matière ce matin-là. Elle n'avait ni papier ni crayon pour prendre des notes, et savait qu'elle aurait peu de temps pour lire. Elle décida donc de retenir par cœur au fur et à mesure de sa lecture. Son bénéfice serait le même que si elle avait lu beaucoup en retenant peu.

Claudia fit preuve d'autant de talent d'organisation qu'un président de société. Elle chargea Jamie de passer en revue toutes les photographies des œuvres de Michel-Ange jusqu'à ce qu'il tombe sur des reproductions de l'Ange. Se réservant la lecture, elle se plongea dans plusieurs gros livres aux pages minces et à l'écriture serrée. Après avoir lu douze pages, elle regarda à la fin du livre pour voir combien il lui en restait à lire : plus de deux cents ! Et en plus, il y avait des notes en bas des pages. Elle lut encore un peu puis décida de parcourir quelques-uns des livres d'images qu'elle avait confiés à Jamie.

« Tu devais t'occuper de la lecture, toi, non ?

— Je regarde juste quelques photos pour me détendre, chuchota Claudia. Il faut que je repose mes yeux, tu comprends ?

— Moi, je ne vois aucune photo qui ressemble à cette statue, soupira Jamie.

— Continue à chercher. Je vais lire encore un peu. »

Quelques minutes plus tard Jamie l'interrompit :

« Le voilà ! dit-il.

MICHELANGELO

— Ça ne ressemble pas du tout à la photo. Ce n'est même pas un ange! dit Claudia.

— Bien sûr que non, c'est Michel-Ange lui-même.

— Je le savais.

— Tu ne le savais pas il y a deux minutes, en tout cas. Tu croyais que je te montrerais une photo de la statue.

— Mais non, enfin, je voulais dire... Tiens, regarde son nez cassé! » Elle désignait du doigt le nez de Michel-Ange sur la photo.

« Il s'est battu quand il était jeune et il a eu le nez cassé.

— C'était un jeune délinquant, alors ? demanda Jamie. Peut-être qu'ils ont ses empreintes digitales.

— Mais non, imbécile, c'était un génie au caractère vif, dit Claudia. Tu sais qu'il était déjà célèbre de son vivant ?

— C'est vrai ? s'étonna Jamie. Moi je croyais que les artistes ne devenaient célèbres qu'après leur mort, comme les momies. »

Ils continuèrent pendant un moment leurs recherches respectives avant que Jamie ne les interrompe de nouveau :

« Tu sais que beaucoup d'œuvres ont été perdues ? Ils l'indiquent entre parenthèses sous les photos.

— Comment est-ce qu'elles ont pu être perdues ? Une statue, ce n'est pas comme un parapluie qu'on peut oublier dans un taxi ou perdre ! Enfin toi, ça ne risque pas de t'arriver : tu ne prends jamais de taxis, dit Claudia, ironique.

— Elles n'ont pas été perdues dans des taxis, elles ont été perdues sans laisser de traces !

— Qu'est-ce que ça veut dire : sans laisser de traces ? »

Jamie s'énerva :

« Saucisse ! On a écrit des tas de livres sur les œuvres perdues de Michel-Ange. Il a fait plein de dessins et de sculptures dont on a perdu la trace !

— Et le petit ange en fait partie ? demanda tout doucement Claudia.

— Ça dépend, quelle est la différence entre un ange et un cupidon ? s'enquit Jamie.

— Pourquoi ? demanda Claudia.

— Parce qu'il y a un cupidon qui a été perdu, répondit-il.

— Les anges portent des vêtements, ils ont des ailes et ils sont chrétiens, les cupidons sont nus et païens et ils portent des arcs et des flèches, expliqua Claudia.

— Qu'est-ce que ça veut dire païen ? demanda Jamie. Garçon ou fille ?

— Qu'est-ce que tu veux que j'en sache ? répondit Claudia.

— Ben, tu as dit qu'ils étaient nus.

— Païen n'a rien à voir avec ça, cela signifie simplement qui adore des idoles au lieu d'adorer Dieu.

— Je vois, dit Jamie. Alors la statue qui est dans le musée est un ange puisqu'elle est habillée, je ne sais pas encore si un ange a été perdu... » et puis il poursuivit après un coup d'œil rapide à sa grande sœur : « ... sans laisser de traces. »

Claudia avait donc commencé ses recherches, convaincue qu'elle serait devenue experte en la matière en une matinée d'étude. Mais Michel-Ange lui avait donné une leçon d'humilité et c'était un état dans lequel elle ne se sentait pas bien : cela la rendait irritable. Jamie poursuivit ses recherches comme Claudia avait commencé les siennes : heureux et confiant. Il avait la sensation d'avoir utilisé sa matinée intelligemment : il avait vu des tas de reproductions et avait appris le mot « païen ». Il se pencha en arrière et bâilla : il commençait à en avoir assez des tableaux de David et Moïse et des photos de la chapelle Sixtine ; il voulait trouver des indices. Il en savait assez maintenant pour dire si Michel-Ange avait sculpté le petit ange. Il voulait enquêter et pour ça il fallait que les gardiens ne soient pas là pour le bousculer. Alors il saurait avec certitude ; mais son opinion serait-elle reconnue par les experts ?

« Je pense que nous devrions chercher comment font les experts pour décider si une statue a été exécutée par Michel-Ange ou non. Ce serait mieux que de réunir des renseignements sur Michel-Ange lui-même, dit Jamie.

— Moi, je le sais, comment ils font. Ils rassemblent des indications en retrouvant des esquisses qu'il a faites et ses journaux intimes, et ils répertorient les ventes de l'époque. Ils examinent aussi la statue pour voir avec quels instruments elle a été sculptée et comment ses instruments ont été utilisés. Par exemple un artiste du XVe siècle n'aurait pas pu utiliser une perceuse électrique. Comment se fait-il que tu n'aies pas suivi les cours de connaissance de l'Art avec moi ?

— Quand ça, l'été d'il y a deux ans ?

— Oui, juste avant la rentrée.

— Je te signale qu'il y a deux ans, je sortais tout juste du cours préparatoire.

— Et alors ?

— Et alors, saucisse! j'avais à peine appris à épeler : "la pipe de papa" et "le gâteau de Toto" ! »

Claudia ne trouva rien à répondre à la logique de Jamie. D'ailleurs Jamie était d'accord avec elle.

« Je pense qu'il vaut mieux chercher des indices. Après tout, nous faisons ce qu'aucun expert ne peut faire », dit-il.

L'irritation de Claudia remonta à la surface. Elle avait besoin d'une dispute avec Jamie :

« Ne sois pas stupide, ils peuvent venir ici consulter tous ces bouquins aussi. Et puis, il y en a sûrement des centaines d'autres qu'ils ont lus et nous pas.

— Non, ce n'est pas de ça que je parle. Je veux dire que nous, nous vivons avec la statue. Tu sais ce qu'on dit toujours : "Les deux seuls moyens de bien connaître quelqu'un, c'est de vivre ou bien de jouer aux cartes avec lui".

— Enfin, au moins le petit ange ne peut

pas tricher aux cartes comme certaine personne de ma connaissance.

— Claudia chérie, je ne suis pas un ange, ni une statue, ni rien de tout ça.

— D'accord, Sir James ! Allons-nous-en », soupira Claudia. Et ils sortirent.

En montant l'escalier, Jamie aperçut un Nuts encore empaqueté qui traînait sur le palier. Il le ramassa et déchira un coin du papier.

« On a mordu dedans ? demanda Claudia.

— Non, dit Jamie en souriant. Tu en veux la moitié ?

— Tu ferais mieux de ne pas y toucher, il est peut-être empoisonné ou rempli de marijuana et quand tu l'auras mangé, tu seras mort ou drogué. »

Jamie se mit en colère :

« Ça ne peut pas être quelqu'un qui l'a perdu ?

— J'en doute. Qui perdrait une barre de chocolat entière sans s'en apercevoir ? C'est comme de laisser une statue dans un taxi. Quelqu'un l'a mis là exprès. On appelle cela un "pusher". J'ai lu une fois qu'ils mettent de la drogue dans des friandises pour enfants, et puis les enfants deviennent intoxiqués. Alors, ces gens-là leur vendent de la drogue à des prix exorbitants et les enfants ne peuvent pas s'empêcher de l'acheter parce que, une fois qu'on est intoxiqué, on doit absolument avoir sa dose. Ça coûte très cher et tu sais bien que nous n'avons pas tant d'argent que ça.

— Bon, dit Jamie, on va bien voir ! » Il prit une grosse bouchée de la barre de chocolat, mâcha, avala. Et puis il ferma les yeux, s'appuya contre le mur et glissa doucement jusqu'au sol. Claudia resta un instant la bouche ouverte, pétrifiée. Elle allait appeler au secours quand Jamie ouvrit les yeux et sourit. « C'est délicieux, tu en veux un bout ? »

Claudia refusa non seulement de goûter mais même d'adresser la parole à Jamie jusqu'à ce qu'ils arrivent au restaurant. Le déjeuner la remit de bonne humeur. Elle suggéra qu'ils aillent jouer un peu à Central Park, ce qu'ils firent. Ils achetèrent des cacahuètes, des noisettes et des bretzels chez le marchand ambulant qui s'était installé devant la sortie du musée. Ils savaient que, le musée ouvrant tard le dimanche, ils auraient le temps d'accumuler une faim considérable avant de pouvoir ressortir le lendemain. Leurs poches étaient donc bourrées des biens essentiels de l'être civilisé : la nourriture et les vêtements.

Jamie entra dans les toilettes pour hommes. Il y était venu, comme à son habitude, peu de temps avant la première sonnerie, celle qui informait les visiteurs que le musée fermait cinq minutes plus tard. Il attendit ; le signal retentit. Il entra dans un cabinet. Première sonnerie, deuxième sonnerie, la routine, comme celle qu'il avait quittée, de prendre le bus tous les matins et tous les après-midi. Après la première journée, ils avaient appris que le personnel du musée travaillait de 9 heures du matin à 5 heures de l'après-midi, un horaire aussi immuable que celui de leur papa. Routine, routine. L'attente de 9 heures, heure d'arrivée du personnel, et 10 heures, heure d'arrivée du public, lui paraissait longue. Claudia et Jamie arrivèrent à la conclusion que les toilettes étaient une bonne planque pour l'attente du soir, où le personnel partait en même temps que le public, mais qu'elle était moins satisfaisante pour la longue attente de la matinée. Surtout après ce qui était arrivé à Jamie le premier matin. De 8 h 45 et une heure sûre après 10 heures du matin, ils restaient cachés sous divers lits du musée. Ils vérifiaient d'abord sous le lit qu'il n'y avait pas de poussière. Et pour une fois ce n'était pas à cause de la « maniaquerie » de Claudia, mais pour une raison raisonnable : un parquet impeccable, nettoyé récemment, diminuait les risques de se faire attraper par un balai.

Jamie attendait, juché sur sa cuvette, la tête appuyée contre le mur du fond, et se demandait ce qui allait arriver ensuite. Le gardien allait entrer et jeter un rapide coup d'œil. Jamie avait toujours un petit choc pendant cette rapide inspection, le seul moment qui n'était pas devenu de la routine. Aussi, se demandait-il ce qui allait arriver. Ensuite les lumières seraient éteintes. Il attendrait douze minutes (Claudia appelait ça leur

décalage horaire), et puis il sortirait de sa cachette.

Sauf...

Sauf que le gardien ne vint pas, et le petit choc devint une véritable angoisse. Et les lumières restèrent allumées. Jamie regarda sa montre dix fois en l'espace de cinq minutes ; il secoua sa main et porta la montre à son oreille. Son tic-tac était plus lent que celui de son cœur et beaucoup moins fort. Qu'est-ce qui n'allait pas ? Ils avaient attrapé Claudia ! Et maintenant ils le cherchaient, lui. Il ferait semblant de ne pas parler anglais. Il ne répondrait à aucune question.

Enfin, il entendit la porte s'ouvrir. Des bruits de pas. Plus que d'habitude. Que se passait-il ? Le plus dur était que chaque molécule de ce Jamie de neuf ans était tendue, prête à bondir, et il était obligé de condenser toute cette énergie en une pelote immobile. C'était comme d'essayer de rassembler des pommes de terre en vrac dans un simple torchon. Mais il parvint à rester immobile. Il entendit la voix de deux hommes qui dominait le bruit de l'eau dans le lavabo.

« Je crois qu'ils attendent encore plus de monde demain.

— Oui, mais de toute manière c'est toujours bondé le dimanche.

— Ce sera plus facile de faire entrer et sortir les gens de la grande salle.

— Ouais! Soixante-dix centimètres de marbre. Tu crois que ça pèse combien?

— J'en sais rien, mais en tout cas il faudra la manier avec précaution. Comme si c'était un vrai ange.

— Bon, allez, viens, le nouveau piédestal doit être prêt. On va pouvoir commencer.

— Tu crois qu'ils vont avoir autant de visiteurs qu'ils en ont eu pour la Joconde?

— Non, la Joconde n'est pas restée très longtemps ici, et puis en plus la toile était signée, il n'y avait aucun doute sur son auteur.

— Moi, je crois que celle-là... »

Les hommes s'éloignèrent, éteignant la lumière derrière eux. Jamie entendit la porte se refermer avant de fondre. Les jambes d'abord. Il s'assit sur la cuvette et laissa l'obscurité familière l'envahir, avec ce qu'il venait d'apprendre.

Ils allaient donc déplacer l'Ange. Claudia était-elle au courant? Non, ils n'allaient pas demander à des femmes de déménager la statue, il n'y aurait donc personne dans les toilettes pour dames qui puisse mettre Claudia au courant. Il faudrait lui transmettre l'information. Par télépathie. Il allait mentalement faire parvenir un message à Claudia. Il posa ses mains sur son front et se concentra.

« Bouge pas, Claudia, bouge pas, bouge pas, Claudia, bouge pas! » Il se dit que

Claudia lui reprocherait le style de son message télépathique ; elle aurait sans doute préféré qu'il pense une chose du genre : « Reste immobile. » Mais il ne voulait pas affaiblir son message en le changeant. Il continua à penser : « Bouge pas ! »

Il avait dû penser juste assez fort, parce que c'est exactement ce que fit Claudia. Ils ne surent jamais exactement pourquoi, mais le fait est qu'elle resta immobile. Peut-être entendit-elle des bruits et comprit-elle que le musée n'était pas encore désert. Ou était-elle simplement fatiguée d'avoir joué dans Central Park ? Peut-être était-il écrit qu'ils ne devaient pas être pris. Et qu'ils allaient faire une découverte.

Ils attendirent des kilomètres et des kilomètres de temps avant de sortir de leurs cachettes. Ils se rencontrèrent enfin dans leur chambre à coucher. Claudia était en train de trier le linge quand Jamie arriva ; elle le faisait dans le noir, au toucher. Bien qu'il n'y ait pas vraiment de grosse différence entre les chaussettes de garçon et les chaussettes de fille, à aucun moment il ne leur vint à l'idée de mettre celles de l'autre. Les enfants qui ont toujours eu des chambres séparées ne font pas ça.

Claudia se retourna en entendant monter Jamie :

« Ils ont déménagé la statue.

— Comment tu le sais ? Tu as eu mon message ?

— Quel message ? J'ai rencontré la statue en venant ici. Ils lui ont mis une veilleuse. Je suppose que c'est pour éviter que le gardien se prenne les pieds dedans.

— On a eu de la chance de ne pas être découverts. »

Claudia pensait plus souvent à ses malchances qu'à ses chances. « Mais ils nous ont fait perdre du temps ; je pensais qu'on prendrait un bain ce soir. Je ne peux vraiment pas passer une nuit de plus sans prendre un bain.

— Moi je m'en fiche, dit Jamie.

— Allons, suivez-moi, Sir James. Au bain. Emportez votre pyjama le plus élégant. Celui qui est brodé d'or avec des boutons en argent fera l'affaire.

— Mais, chère Lady Claudia, où as-tu l'intention de te baigner ?

— Dans la fontaine, Sir James, dans la fontaine. »

Jamie tendit son bras, drapé de son pyjama de flanelle rayée et dit :

« Je savais, Lady Claudia, que tôt ou tard vous m'emmèneriez dans ce restaurant. »

(Cela me met hors de moi de penser que je suis obligée de vous raconter ce restaurant, Saxonberg. Je vous prierai de m'y inviter à déjeuner un jour prochain. Je viens à l'ins-

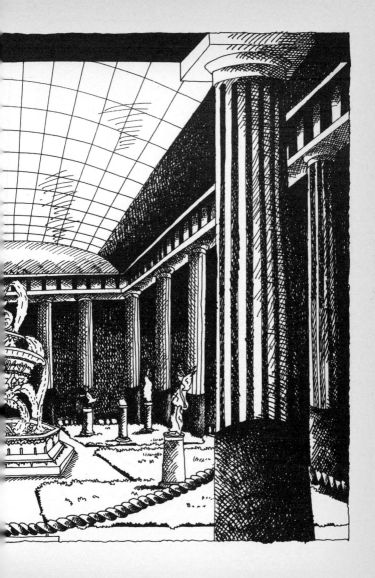

tant de décider que je vous mènerai dans ce musée. Vous verrez comment je mettrai ce projet à exécution. Bref, le restaurant : il est construit autour d'une gigantesque fontaine. L'eau de la fontaine est projetée par des dauphins en bronze. Les dauphins ont l'air de bondir hors de l'eau. Sur leur dos il y a des personnages qui représentent les arts et qui semblent des génies des eaux. C'est un bonheur de contempler cette fontaine en grignotant des petits fours et en savourant un café. Je suis sûre que vous oublieriez jusqu'à votre ulcère si vous y goûtiez un jour.)

Lady Claudia et Sir James marchèrent tranquillement jusqu'à l'entrée du restaurant. Ils passèrent sans difficulté sous le cordon de velours qui signifiait que c'était fermé au public. Ils n'étaient pas « le public », bien sûr. Ils enlevèrent leurs vêtements et grimpèrent dans la fontaine. Claudia avait pris du savon en poudre dans les toilettes. Elle l'avait moulu dans une serviette en papier le matin même. Bien que glacé, le bain l'enchanta. Il enchanta Jamie aussi, mais pas pour la même raison.

Quand il entra dans la fontaine, il sentit des bosses sous ses pieds, des bosses plates. Plongeant la main pour en toucher une, il se rendit compte qu'elle bougeait ! Il put même la ramasser. Il sentit sa rondeur fraîche dans sa main et pataugea jusqu'à Claudia.

« Du fric, Claudia, du fric ! » chuchota-t-il.

Claudia comprit tout de suite et se mit à ramasser les petites bosses qu'elle avait senties elle aussi au fond du bassin. C'étaient en réalité des pièces que les gens avaient jetées dans la fontaine pour faire un vœu. Quatre personnes au moins avaient lancé des pièces de 10 *cents* et une cinquième un pièce d'un quart de dollar.

« Ça doit être quelqu'un de très riche pour jeter un quart de dollar, chuchota Jamie.

— Ou quelqu'un de très pauvre, les riches n'ont plus que des petits vœux à faire. »

En tout, ils ramassèrent 2 dollars et 87 *cents*. Leurs mains ne pouvaient pas en contenir plus. Ils grelottaient en sortant. Ils se séchèrent du mieux qu'ils purent avec des serviettes en papier (venant également des toilettes du musée), et enfilèrent très vite leurs pyjamas et leurs chaussures.

Ils finirent de se préparer pour la nuit, mangèrent un peu et décidèrent qu'ils pouvaient sans risque retourner dans la grande salle pour revoir leur Ange.

« J'ai envie de l'embrasser, chuchota Claudia.

— Fais attention, ils l'ont probablement truffé de micros. Peut-être que la veilleuse fait partie du système d'alarme. Il vaut mieux que tu ne touches à rien, ça pourrait tout déclencher.

— J'ai quand même envie de l'embrasser.

— Je ne vois pas l'intérêt, franchement.

— Ce qui prouve bien que tu ne sais pas grand-chose. Quand on embrasse quelqu'un on apprend des choses sur cette personne, des choses importantes. »

Jamie haussa les épaules.

Ils regardèrent tous les deux l'Ange pendant un long moment.

« Qu'est-ce que tu en penses, dit Jamie, il l'a fait ou il ne l'a pas fait ?

— Un expert ne tire aucune conclusion avant d'avoir rassemblé toutes les preuves, répondit Claudia.

— Tu n'as pas grand-chose d'un expert. Tu connais des experts qui embrasseraient une statue, toi ? »

Claudia était gênée, elle dit sévèrement :

« On va aller se coucher maintenant et puis on pensera très fort à la statue. Ne t'endors pas avant d'avoir pensé vraiment à la statue et à Michel-Ange et à toute la Renaissance italienne. »

Ils se mirent au lit. Mais l'instant qui précède le sommeil est le pire moment pour une réflexion organisée ; en revanche c'est le meilleur moment pour penser librement. Les idées dérivent comme des nuages dans une brise capricieuse, prennent cette direction puis cette autre. Jamie avait beaucoup de difficultés à contrôler ses pensées quand il était fatigué, qu'il avait sommeil, allongé sur le dos. Il n'aimait pas réfléchir juste avant de s'endormir. Mais Claudia avait planifié leur réflexion, et elle était très forte pour planifier les choses. Il réfléchit donc. Les nuées portant ces pensées sur la Renaissance italienne dérivèrent, disparurent. Des pensées sur la maison et puis encore sur la maison vinrent s'installer à leur place.

« La maison te manque ? demanda-t-il à Claudia.

— Pas trop, avoua-t-elle. En fait, je n'y ai pas beaucoup pensé. »

Jamie resta un instant silencieux.

« Je crois que nous sommes totalement dépourvus de conscience, dit-il enfin. La maison devrait nous manquer. Tu crois que papa et maman nous ont mal élevés ? Ils ne sont pas très méchants, tu sais ? Tu ne crois pas qu'eux devraient nous manquer, au moins ? »

Claudia ne disait rien. Jamie attendait :

« Tu as entendu ma question, Claude ?

— Oui, j'ai entendu ta question. Je réfléchis. » Elle resta encore un moment silencieuse. Puis elle demanda : « Et toi, tu as déjà eu le mal de la maison ?

— Bien sûr.

— Et la dernière fois, c'était quand ?

— Le jour où papa nous a laissés chez

tante Zell pour emmener maman à l'hôpital accoucher de Kevin.

— Oui, ce jour-là moi aussi, admit Claudia. Mais à l'époque j'étais beaucoup plus jeune, bien sûr.

— Pourquoi crois-tu que la maison nous manquait ce jour-là ? On est restés partis beaucoup plus longtemps cette fois-ci. »

Claudia réfléchit :

« Je suppose qu'on était inquiets. Mon vieux, si j'avais su qu'on se retrouverait avec Kevin, j'aurais compris pourquoi on était inquiets. Je me rappelle que tu suçais ton pouce et que tu te baladais toute la journée avec une vieille couverture. La tante Zell avait essayé par tous les moyens de t'enlever la couverture pour la laver. Elle puait. »

Jamie gloussa :

« Ouais, je suppose que le mal de la maison est comme le fait de sucer son pouce. Ce sont des choses qui arrivent quand on n'est pas très sûr de soi.

— Ou pas très entraîné ! ajouta Claudia. Et Dieu sait si on est entraînés. Regarde comme on se débrouille bien ici. C'est leur faute à eux si on n'a pas le mal de chez nous. »

Jamie était content. Claudia plus encore.

« Je suis heureuse que tu m'aies posé cette question sur le mal de la maison, dit-elle. D'une certaine façon, je me sens plus vieille maintenant. Mais ça, c'est parce que j'ai toujours été l'aînée. Et je suis surentraînée. »

Ils s'endormirent sur ces mots. Michel-Ange, l'Ange, et toute la Renaissance italienne les attendirent jusqu'au matin.

6

Il faisait encore jour quand ils se réveillèrent le lendemain matin, mais il était plus
tard que d'habitude. Le musée n'ouvrirait
pas avant une heure. Claudia se leva la
première. Elle était en train de s'habiller
quand Jamie ouvrit les yeux.

« Tu sais, dit-il, le dimanche est toujours
le dimanche. Ça sent le dimanche. Même
ici.

— Oui, j'ai remarqué. Tu crois qu'on
devrait essayer d'aller à l'église quand on
sortira ? »

Jamie réfléchit une minute entière avant
de répondre :

« On pourrait dire une prière dans la petite

salle du Moyen Age, tu sais, celle avec les vitraux. »

Ils s'habillèrent et se dirigèrent vers la petite chapelle où ils s'agenouillèrent pour dire un Notre Père. Jamie rappela à Claudia qu'elle devait s'excuser d'avoir volé le journal. Comme ça, ce serait vraiment dimanche.

« Amène-toi, dit Claudia en se relevant, on va voir la statue. »

Lorsqu'ils furent devant l'Ange, ils le regardèrent très attentivement. Il était difficile de chercher des indices, même après une recherche approfondie. Ils avaient l'habitude, lorsqu'ils jouaient aux détectives, d'avoir tous les indices présentés clairement sur un tableau en face de l'énigme.

« Moi, je continue à penser qu'il est vraiment dommage qu'on ne puisse pas la toucher, se plaignit Claudia.

— Au moins, on vit avec, c'est toujours ça, on est les deux seules personnes au monde à vivre avec elle.

— Mme Frankweiler aussi a vécu avec elle. Elle pouvait la toucher...

— Et l'embrasser ! la taquina Jamie.

— Je suis sûre qu'elle sait avec certitude si Michel-Ange l'a faite ou pas !

— Bien sûr qu'elle le sait », dit Jamie. Il s'enveloppa de ses deux bras, pencha la tête en arrière, ferma les yeux et murmura : « Tous les matins en se levant, Mme Frankweiler prenait la statue dans ses bras, la regardait dans les yeux et disait : "Parle-moi, bébé". Un matin la statue répond... »

Claudia était folle de rage. « Les hommes qui l'ont déplacée hier soir l'ont prise aussi dans leurs bras. Il y a plusieurs manières d'embrasser. »

Refusant de regarder Jamie davantage, elle contemplait l'Ange. Des bruits de pas rompirent le silence et sa concentration. Des pas approchaient, venant de la Renaissance italienne. Un garde descendait l'escalier. « Saucisse ! » pensa Jamie. Le musée mettait décidément trop de temps à ouvrir ses portes le dimanche. Ils auraient dû être cachés déjà, et ils étaient là en pleine lumière par-dessus le marché !

Jamie saisit la main de Claudia et la tira brusquement derrière le guichet où on louait des talkies-walkies pour la visite guidée du musée. Bien que parfaitement cachés et dissimulés en plus par l'obscurité, ils se sentaient aussi exposés que la grande dame nue peinte au premier étage.

Les bruits de pas s'arrêtèrent à la hauteur de l'Ange. Jamie envoya un autre message télépathique : « Allez-vous-en, allez-vous-en, allez-vous-en », et bien sûr ça marcha. Le gardien continua en direction de l'aile égyptienne pour faire sa tournée d'inspection. Les deux enfants ne s'accordèrent même pas un soupir de soulagement. Ils poussèrent l'auto-discipline jusque-là.

Après dix minutes d'immobilité totale, Jamie tira Claudia par le bord de sa veste et ils se levèrent tout doucement. Jamie conduisit Claudia vers l'escalier central.

La logique de cette décision apparut clairement à Claudia. Quelle chance que Jamie réfléchisse aussi vite et aussi bien! Et quelle chance que le musée soit aussi grand... Il s'écoulerait au moins une heure avant que le gardien ne revienne à cet endroit.

Ils gravirent le large escalier avec précaution, en restant près de la rampe. Un pas, une pause, un pas, une pause et ainsi de suite jusqu'en haut, où ils se trouvèrent devant le piédestal sur lequel se tenait l'Ange la veille encore. Claudia s'arrêta pour regarder, en partie par habitude, en partie parce que tout ce qui avait un rapport avec l'Ange était important. Jamie, lui, s'arrêta pour reprendre son souffle.

«Pourquoi crois-tu qu'ils aient changé le velours bleu sous la statue pour du velours doré? chuchota Claudia.

— Probablement parce que le bleu était sale. Viens, allons nous cacher.»

Claudia regarda le velours encore une fois. La lumière du jour commençait à pénétrer dans le musée. Un détail à la surface du velours attira son regard.

«Un des employés devait boire de la bière

126

quand ils ont déplacé la statue, déclara-t-elle.

— La plupart des gens boivent de la bière, qu'est-ce que ça a d'extraordinaire ?

— Les visiteurs n'ont pas le droit d'entrer avec de la bière, répondit Claudia. Je me demande si les employés ont le droit, eux, et si oui, je me demande pourquoi. Imagine qu'ils en renversent sur l'Ange. Regarde où il a posé sa canette, sur le piédestal ! » Elle désignait le velours bleu. « Regarde ces cercles où le velours n'a pas été écrasé.

— La bière Ballantine. Les trois anneaux. » Et il se mit à fredonner la musique d'un film publicitaire qu'il avait entendue au cours d'un match de base-ball à la télévision le printemps précédent.

Claudia l'interrompit :

« Ces marques sont les traces laissées par la canette de bière. Et je te signale que la marque de la bière se trouve devant et pas en dessous de la canette et qu'elle n'est pas en relief. Ça pouvait être n'importe quelle bière. Schlitz ou Rheingold. »

Jamie regarda attentivement le velours bleu nuit.

« Tu as raison, Claude, dit-il. Sauf pour un détail.

— Et c'est quoi ? demanda-t-elle.

— Les cercles laissés par des canettes de bière auraient écrasé le velours vers le bas... Et là, le velours est écrasé vers le haut.

— Qu'est-ce que c'est que cette expression encore ? Écrasé vers le haut !

— Saucisse ! Tu n'as vraiment rien de mieux à faire que de corriger ma grammaire ? Eh bien, continue ! Mais en tout cas, tu ne corrigeras pas ma logique. Le poids de la statue a écrasé le velours partout sauf aux endroits où il y a les cercles, parce que à cet endroit, il n'y avait pas de marbre et le velours est écrasé vers le haut. Claudia, il y a un W dans l'un des cercles qui a aussi été écrasé vers le haut.

— Nom d'un chien, Jamie. Ce n'est pas un W, c'est un M. » Elle regarda Jamie intensément, et ses yeux s'agrandirent. « M pour Michel-Ange ! »

Jamie se frotta les yeux.

« Dis donc, Claude, j'ai vu ce symbole hier sur la couverture d'un des livres que j'ai regardés.

— Qu'est-ce que cela voulait dire, Jamie, qu'est-ce que cela voulait dire ?

— Comment veux-tu que je le sache ? C'est toi qui t'occupais de la lecture ! Moi je devais seulement regarder des images et chercher des indices.

— Jamie Kincaid, tu es incroyable. Tu es vraiment incroyable. Comme si ça avait pu te faire du mal de lire juste une toute petite chose. Juste une toute petite chose !

— En tout cas, dit Jamie, maintenant on a un indice.

— On pourrait SAVOIR.

— On a un indice important. Je suis sûr qu'ils n'ont jamais pensé à regarder *sous* la statue.

— Il faut que nous retournions à la bibliothèque aujourd'hui pour savoir ce que représente ce symbole. Mais nous ne pouvons pas ! Cette bibliothèque est fermée le dimanche. Oh ! Jamie, il faut absolument que je sache !

— On va aller voir à la bibliothèque du musée. Ne t'inquiète pas, Claude ; je reconnaîtrai le livre. Maintenant, on ferait mieux de se cacher. »

Claudia jeta un coup d'œil à sa montre :

« Où est-ce qu'on va se cacher ici ? Il n'y a pas de meubles, et on ne peut pas prendre le risque de redescendre. »

Jamie souleva un coin du drap de velours bleu.

« Après vous, ma chère ! » dit-il, indiquant le petit réduit sous le piédestal, avec un geste des plus élégants.

Ils attendirent, cachés sous la plate-forme. C'était une cachette dangereuse et exiguë. Jamie n'eut qu'à bouger un peu les doigts pour attirer l'attention de sa sœur en lui donnant un petit coup dans les côtes.

« Je crois, Lady Claudia, que nous sommes hors de danger et que nous tenons une piste sensationnelle.

— Peut-être, Sir James, peut-être ! »

Claudia ne pensait pas au danger. Cela n'avait pas d'importance, en tout cas par rapport à l'issue finale. Et l'issue finale était Michel-Ange, l'Ange, l'histoire, et elle-même. Claudia pensait au contrôle d'histoire qu'elle avait eu le lundi précédent à l'école. Elle avait séché sur une des questions. Elle l'avait pourtant étudiée soigneusement, et elle avait lu le chapitre d'un bout à l'autre. Elle savait exactement où se trouvait la réponse; dans le deuxième paragraphe, sur la colonne de droite de la page 157. Elle voyait clairement dans sa mémoire *où* se trouvait la *réponse* mais elle ne pouvait pas se la rappeler.

L'Ange, c'était ça. La réponse à sa fugue, et aussi à son retour à la maison était dans l'Ange. Elle savait qu'elle y était, mais elle ne savait pas ce que c'était. Cela lui échappait, comme la réponse à la question d'histoire lui avait échappé... A part que là, c'était encore plus compliqué parce qu'elle ne savait pas exactement à quoi il fallait répondre. La question pouvait s'exprimer ainsi : « Pourquoi l'Ange était-il devenu plus important que sa fugue et plus important même que sa sécurité à l'intérieur du musée ? » Et ceci la ramenait à son point de départ. Il faisait trop chaud sous ce velours. Comment penser clairement ? Pas étonnant que ses réflexions tournent en rond. Une seule chose était sûre : ils avaient peut-être trouvé une piste.

Une foule s'était rassemblée devant le musée en attendant l'ouverture. Le gardien qui aurait dû enlever le piédestal fut appelé au-dehors pour installer des barrières et transformer la foule désordonnée en files bien nettes. Le musée ne pouvait pas se passer de Morris avant que la police n'ait envoyé du renfort pour la circulation sur le trottoir. Quand il vint retirer le piédestal et le drap de velours pour les descendre au dépôt du sous-sol, Claudia et Jamie étaient déjà partis se promener dans la bibliothèque où ils soulevaient discrètement les protège-livres des ouvrages sur Michel-Ange.

Ils trouvèrent le livre avec le symbole sur la couverture ! La marque en relief sur le drap de velours bleu était la marque du tailleur de pierre de Michel-Ange. Il l'avait gravée sous le bloc de marbre pour indiquer qu'il lui appartenait, un peu comme on marque le bétail pour identifier son proprié-taire.

Ils sortirent de la bibliothèque, triom-phants et affamés.

« Amène-toi, cria Claudia dès qu'ils furent sortis. On va prendre un taxi pour aller au distributeur automatique.

— On va y aller, mais à pied, dit Jamie.

— Mais on a des revenus maintenant. Il

suffit d'aller prendre un bain quand on a besoin d'argent. »

Jamie réfléchit un instant :

« Bon, d'accord pour le bus. »

Claudia sourit :

« Merci, monsieur le Radin !

— Si tu m'appelles Radin, je vais t'appeler...

— Appelle-moi un taxi », dit-elle en riant, courant vers l'arrêt de bus en face du musée.

Jamie était si satisfait qu'il donna 75 *cents* à Claudia pour son « brunch ». Il s'octroya la même somme. En mangeant, ils discutèrent de ce qu'ils allaient faire de la terrible information qu'ils détenaient.

« On n'a qu'à appeler le *New York Times*, suggéra Jamie.

— Oh non, il y aurait trop de publicité autour de l'affaire et puis on nous demanderait comment on a trouvé.

— On pourrait appeler le directeur du Metropolitan.

— Lui aussi voudra savoir comment on le sait.

— Eh bien, on va lui dire.

— Ça va pas, non ? Tu veux lui dire qu'on a habité ici ?

— Tu ne crois pas qu'on devrait parler au musée de la marque imprimée sur le velours ?

— Si, nous leur devons cette information, répondit Claudia. Nous avons été leurs invités pendant tout ce temps.

— Alors, trouve un moyen pour leur dire sans qu'ils nous trouvent. Je parie que tu as déjà tout organisé dans ta tête.

— Oui, c'est vrai. » Claudia se pencha au-dessus de la table et parla à Jamie comme l'aurait fait un parfait agent secret. « On va leur écrire une lettre dans laquelle on leur dira de chercher un indice de la plus haute importance à la base de la statue.

— Et s'ils ne comprennent pas l'indice ?

— Nous les aiderons quand ils auront besoin de notre aide. Nous révélerons notre présence à ce moment-là. Et à ce moment-là, ils seront très heureux d'avoir été nos hôtes. » Elle se tut assez longtemps pour que Jamie s'impatiente un peu, mais juste un peu. « Voici mon plan. Nous louons une boîte postale au bureau de poste central. Comme quand on envoie les couvercles de céréales, on les envoie toujours à : B.P. n°... On leur écrit en leur demandant de répondre à notre boîte postale. Alors, ils nous demandent notre aide et nous apparaissons, comme des héros !

— On peut pas rentrer attendre à la maison ? C'était dur la nuit dernière et ce matin. Et puis on pourrait être deux fois héros, une fois en rentrant à la maison et la deuxième fois en nous faisant connaître.

« — Non ! grinça Claudia. Il faut qu'on sache d'abord, pour l'Ange. Il faut qu'on ait raison !

— Oh ! qu'est-ce qui te prend, Claude ? Tu avais dit qu'on rentrerait un jour !

— Oui, un jour, répondit-elle. Mais pas n'importe lequel. » Sa voix était remontée dans les aigus.

« Quand on rentre de chez grand-père ou de la colonie, ils sont toujours contents de nous voir.

— Mais ça ne change jamais rien. Si on rentre sans savoir à propos de l'Ange, ce sera comme de rentrer de colonie. Rien ne sera changé. Au bout d'un jour ou deux on en sera revenus au même point. Et je n'ai pas fait une fugue pour en revenir au même point qu'avant mon départ.

— C'était quand même plus amusant ici qu'en colonie. Même la nourriture est meilleure. Il y a au moins ça comme changement.

— Oui, Jamie, mais ce n'est pas assez.

— Je sais que ce n'est pas assez. J'ai faim presque tout le temps.

— Je veux dire qu'il n'y a pas assez de différence. C'est comme d'être né dans la haute société ou au contraire d'un milieu très simple et de recevoir la Légion d'honneur ou un Oscar. Ça ce sont des événements qui changent toute une vie. Trouver le secret de l'Ange, ça serait un événement comme ça.

— Moi je te trouve déjà changée, Claude.

— Vraiment, tu trouves? demanda-t-elle, souriante et les yeux modestement baissés, prête à recevoir un compliment.

— Oui, tout le monde est sensé, toi, tu es insensée.

— Jamie Kincaid !

— D'accord, je suis insensé aussi. Je te suis. D'ailleurs certaines des complications deviennent intéressantes même si d'autres sont ennuyeuses. Comment vas-tu déguiser ton écriture?

— Pas la peine. Je me servirai d'une machine à écrire. » Claudia guetta une expression de surprise sur le visage de Jamie, et elle eut ce qu'elle attendait.

« Où est-ce que tu vas trouver une machine à écrire?

— Devant chez Olivetti sur la 5e Avenue. On est passé deux fois devant hier, une fois quand tu nous as fait aller à pied jusqu'à la laverie automatique. Et une autre fois lorsque nous avons marché d'une bibliothèque à l'autre. Elle est fixée sur un stand devant l'immeuble et tout le monde a le droit de s'en servir. C'est comme un échantillon de leurs produits. Et c'est gratuit ! »

Jamie sourit:

« C'est bien que je sois un fou de la marche. Sinon tu n'aurais jamais repéré cette machine.

— Oui, et c'est bien que j'aie le sens de l'observation », ajouta Claudia.

Ils remontèrent la 5ᵉ Avenue et eurent la bonne surprise de trouver une feuille dans la machine. En haut de la page, quelqu'un avait écrit : « *Il est temps maintenant pour les hommes de bonne volonté de venir en aide à leur parti.* » Claudia ne savait pas que cette phrase était souvent utilisée en dactylographie comme exercice. Elle se dit que c'était une bonne entrée en matière et que cela ajouterait un peu de mystère. (Vous trouverez, ci-joint, une copie de la lettre que Claudia écrivit, Saxonberg.)

« Il est temps maintenant pour les hommes de bonne volonté de venir en aide à leur parti.

Cher directeur du musée,

Nous trouvons que vous devriez inspecter le dessous de la statue afin d'y découvrir un indice de la plus haute importance. La statue dont nous parlons est celle que vous avez achetée pour la somme de 225 dollars. Et l'indice que vous allez découvrir est le poinçon du tailleur de pierre de Michel-Ange sous la statue. Si vous avez besoin de notre aide à propos de cet indice, vous pouvez nous écrire

136

poste restante au bureau de poste central, B.P.
847 à Manhattan.
  Salutations,
  Des amis du musée. »

Satisfaits de leur entreprise, ils décidèrent de s'accorder un après-midi de congé. Ils se promenèrent à Rockfeller Center et restèrent un moment à regarder les gens sur leurs patins à roulettes. Et puis ils restèrent encore un peu pour regarder ceux qui regardaient les patineurs. Lorsqu'ils revinrent au musée, pleins d'autosatisfaction, avec un casse-croûte pour leur dîner, ils virent une longue file de visiteurs du dimanche qui attendaient pour gravir les marches du musée. Sachant que le troupeau allait défiler jusqu'à l'Ange et retour, en l'espace de quelques minutes, ils décidèrent de rentrer par la porte de derrière. Le gardien leur dit que s'ils voulaient voir l'Ange, il leur faudrait passer par l'entrée de la 5e Avenue.

« Oh ! on l'a déjà vu ! » s'exclama Jamie.

Pour se montrer amical, serviable, ou peut-être simplement parce qu'il se sentait un peu seul (personne n'était entré par cette porte ce jour-là), le gardien demanda à Jamie ce qu'il en avait pensé.

« Eh bien, nous ne sommes pas tout à fait au bout de nos recherches, mais il me semble que... »

Claudia tira Jamie par le bras :

« Allez viens, Albert », dit-elle

En allant vers la salle des Vases grecs, ils rencontrèrent l'immense foule qui marchait sagement en rang pour voir l'Ange.

« Comme j'étais sur le point de le dire à ce

gardien, il me semble qu'ils devraient prendre le problème à la *base*... »

Claudia gloussa ; Jamie aussi. Ils passèrent juste assez de temps parmi les vases de la Grèce antique pour regagner leurs cachettes à temps et ne pas être découverts.

7

Lorsqu'ils quittèrent le musée, de bonne heure le lundi matin, Claudia fila vers l'arrêt de bus, sans même consulter Jamie.

« Tu ne trouves pas qu'on pourrait prendre un petit déjeuner d'abord ? demanda-t-il.

— Le courrier part tôt le matin, répondit Claudia. Il faut qu'ils aient cette lettre le plus vite possible, non ?

— Elle arriverait plus vite si nous la portions à la main, suggéra Jamie.

— Bonne idée. Allons chercher notre numéro de boîte postale, inscrivons-le sur la lettre, et portons-la au bureau du musée. »

Comme Jamie était le trésorier officiel de l'équipe, c'est lui qui s'adressa au jeune homme du guichet, dans le bureau de poste.

« Je voudrais louer une boîte postale, déclara-t-il.

— Pour combien de temps ? demanda l'homme.

— Pour deux jours environ.

— Je suis désolé, dit le jeune homme. Nous les louons par quarts.

— Très bien. Alors, je prendrai huit quarts. Ça fera deux jours.

— Par quart d'année, dit l'homme. Ce qui fait trois mois.

— Attendez un instant », dit Jamie. Il s'entretint à voix basse avec Claudia.

« Vas-y, loue-la ! le pressa-t-elle.

— Mais ça va nous coûter une fortune !

— Pourquoi tu ne poses pas la question au lieu de perdre ton temps à discuter ? » Le chuchotement de Claudia commençait à faire un bruit d'eau froide sur une poêle brûlante.

« Un quart d'année coûte combien ? demanda-t-il au postier.

— Quatre dollars et cinquante *cents*. »

Jamie eut un regard en coin vers Claudia :

« Tu vois, je te l'avais dit, une fortune ! »

Claudia haussa les épaules :

« On prendra un très long bain ce soir. »

Le postier eut l'air à peine étonné. Les

gens qui travaillent au bureau de poste central de New York ont l'habitude des remarques bizarres. Ils en entendent tellement. Et en permanence... Ils ont depuis longtemps renoncé à y réfléchir. C'est comme si on parlait au téléphone sans personne à l'autre bout de la ligne :

« Vous le louez ou vous ne le louez pas ?

— Je le loue. »

Jamie paya, signa un contrat sous le nom d'Angelo Michel et donna une adresse à Marblehead, Massachusetts. On lui remit une clé pour la boîte n° 847. Jamie-Angelo Kincaid-Michel se sentit important d'avoir la clé de sa propre boîte aux lettres. Il trouva son box et ouvrit la petite porte.

« Tu sais, fit-il remarquer à Claudia, c'est un peu comme d'aller au bar automatique. Sauf que de cette petite porte on aurait pu sortir un plat de spaghettis pour deux au lieu d'y trouver du vide. »

Payer ce vide 4 dollars et 50 *cents* avait été un coup dur pour Jamie. Claudia savait qu'ils ne reprendraient pas le bus jusqu'au musée. Ils ne le prirent pas, en effet.

Claudia et Jamie voulaient tous les deux déposer la lettre, mais ils n'osaient s'en charger ni l'un ni l'autre. Trop risqué. Ils décidèrent de demander à quelqu'un de le faire à leur place. Quelqu'un qui n'aurait pas la mémoire des visages ; si possible de leur âge ;

curieux peut-être, mais qui ne s'intéresserait pas vraiment à eux. Le plus simple serait sans doute de choisir leur messager dans un groupe scolaire. Ils partirent à la recherche de leur groupe du jour dans les endroits habituels : Armes et Armures, Costumes, Art égyptien. En approchant de l'aile égyptienne, ils entendirent des traînements de pieds, des bruits de chaises que l'on plie et de matelas de mousse qu'on ramasse. Ils n'avaient pas particulièrement envie d'entendre encore parler de momies. Ils ne regardaient jamais non plus les rediffusions à la télévision. Mais ils décidèrent d'inspecter le groupe quand même. Ils attendirent donc à l'intérieur de la tombe.

(Maintenant, Saxonberg, il faut que je vous parle de cette tombe égyptienne qu'on appelle « mastaba ». Ce n'est pas tout à fait une tombe d'ailleurs, seulement l'entrée d'une tombe. On peut y marcher, y passer un temps infini ou très peu de temps. On peut essayer de lire les hiéroglyphes sur les murs. Ou ne rien lire du tout. Qu'on décide de lire ou de ne pas lire, qu'on passe peu ou beaucoup de temps dans ce morceau de l'Égypte antique, le dépaysement sera total pendant au moins cette partie de votre journée. C'est un assez bon endroit pour attendre.)

Le groupe passait devant l'entrée. Claudia

et Jamie attendaient, détendus, comme hors du temps, dans la chaleur des épaisses murailles de pierre. Des bribes de conversation vinrent troubler le silence de leur tombe.

« Sarah ressemble au pharaon... Fais passer.

— Quand est-ce qu'on mange ?

— Qu'est-ce qu'on marche !... »

Les conversations pleuvaient doucement, tranquillement, disant aux deux fugitifs qu'ils étaient tombés sur un groupe dans la bonne tranche d'âge. Les gosses de leur classe parlaient toujours comme ça. Les mots continuaient à pleuvioter dans leur abri.

« Hé ! Rube, regarde !

— Allez, Bruce, prête-le-moi ! »

Quelque chose d'autre leur tombait dessus comme une averse. Beaucoup moins agréable et plus familier ! Ils connaissaient ces noms, Sarah, Bruce, Rube... A quelques siècles de là, à une autre époque, loin de la mastaba, ils avaient entendu ces noms — dans une classe, dans un bus scolaire...

Plus près, plus fort, les sons se précisaient. Et tout à coup un petit nuage creva juste à l'entrée de leur cachette :

« Hé ! On y retourne ? »

Le regard de Jamie croisa celui de Claudia. Il ouvrit la bouche. Claudia n'attendit pas de savoir si c'était de surprise ou pour dire quelque chose. Elle pressa sa main sur la bouche de son frère, de toutes ses forces.

Une voix d'adulte rappelait les enfants : « Venez, les garçons. Restez avec le groupe. »

Claudia retira sa main de la bouche de Jamie. Elle le regarda gravement en hochant la tête. Le « Venez les garçons », c'était la voix de Mlle Clendennan, l'institutrice des 9e, celle de Jamie. Rube était Reuben Hearst, et Bruce était Bruce Lansing. Sarah était Sarah Sawhill, et malheureusement pour elle, elle ressemblait vraiment au Pharaon. Croyez-le ou non, la montagne était venue à Mahomet : leur école était venue à eux. Enfin, la classe de Jamie en tout cas.

Jamie était furieux. Pourquoi Claudia l'avait-elle bâillonné ? Elle le croyait donc totalement dépourvu de bon sens ? Il fronça les sourcils et prit son air le plus boudeur. Claudia mit son index sur ses lèvres pour l'obliger à se taire. Le remue-ménage des 9e cessa progressivement. Le tombeau fut plongé à nouveau dans son silence séculaire.

Mais pas Jamie. Il ne pouvait pas se retenir une seconde de plus. Il sentait toujours la pression de la main de Claudia sur sa bouche :

146

« J'ai presque envie de retrouver le groupe et de rentrer avec eux, en gardant juste secret l'endroit d'où je viens.

— Si tu fais ça, ça montrera que tu n'as presque pas de cervelle. A peine une moitié. Remarque, je m'en doutais depuis un moment. Tu ne comprends même pas que cela nous arrange ?

— Pourquoi ça nous arrange ? »

Claudia expliqua lentement :

« Tu vas au bureau de l'administration du musée. Tu leur donnes la lettre. Tu leur dis que tu fais partie de la classe de 9ᵉ qui est venue de Greenwich pour visiter le musée,

et que quelqu'un t'a remis cette lettre en te demandant de la porter à l'administration. Tu dis que ta maîtresse t'a donné l'autorisation. Si on te demande ton nom. Tu réponds Bruce Lansing. Mais uniquement si on te le demande.

— Tu sais, Claude, les rares fois où je n'ai pas envie de te donner un coup de poing dans le nez, je suis content que tu sois dans mon équipe. Tu es très forte, même si tu n'es pas facile à vivre.

— Alors, tu le fais ?

— Oui, j'y vais, ton plan est parfait.

— Dépêchons-nous avant qu'ils reviennent. »

Jamie entra dans le bureau de l'administration, et Claudia fit le guet devant la porte. Elle avait l'intention de rentrer dans le bureau si la classe de Jamie revenait. Jamie ne resta pas longtemps. Tout s'était bien passé, et personne ne lui avait demandé son nom. Claudia lui saisit le bras dès qu'il sortit. Toute l'énergie de Jamie, rassemblée dans ses nerfs tendus, se relâcha d'un seul coup. Il s'écroula aussi brutalement que si Claudia avait sauté d'un jeu de bascule, tandis qu'à l'autre bout, il était tout en haut.

« Hihih ! » cria-t-il.

Claudia fut tentée de le bâillonner à nouveau mais elle y renonça pour le guider par la sortie principale. Ils se fondirent dans la foule de la 5e Avenue et remontèrent vers le nord de toute la force de leurs jambes.

8

Le mardi, ils retournèrent faire leur lessive. Le résultat se révéla un peu plus gris
que la fois précédente. Le pull-over de Claudia avait considérablement rétréci.

Ils savaient qu'il était trop tôt pour espérer une réponse à leur lettre, mais ils ne
purent pas résister à la tentation de courir
au bureau de poste pour s'en assurer. Il était
midi lorsqu'ils s'arrêtèrent prendre un petit
déjeuner au Choc' Noisettes de Madison
Avenue. Ils y restèrent jusqu'à la limite de la
patience des gens qui attendaient debout
pour occuper leurs sièges. Ni Claudia ni
Jamie n'osait regarder dans le box du
bureau de poste. Tant qu'ils n'auraient pas

regardé, ils pourraient espérer y trouver une lettre.

Il n'y en avait pas. Ils déambulèrent au hasard dans les rues et se trouvèrent devant l'immeuble des Nations Unies. Claudia suggéra à Jamie de suivre la visite dont elle avait entendu parler en lisant le guide de l'Automobile Club américain.

« Aujourd'hui on pourrait tout apprendre sur les Nations Unies. »

La première question de Jamie fut : « Combien ? »

Claudia lui suggéra alors d'entrer et de se renseigner. C'était cinquante *cents* chacun. Ils pouvaient y aller si Claudia était d'accord pour sauter son goûter cet après-midi-là.

« Tu sais, ajouta Jamie, tu ne peux pas tout avoir, le gâteau et les visites guidées !

— Et des chocolats liégeois et des visites guidées, je peux ? » demanda Claudia.

Ils se mirent dans la file d'attente et prirent des billets pour une visite. La fille du guichet leur dit :

« Alors, pas d'école aujourd'hui ?

— Non, répondit Jamie. La chaudière de l'école a cassé : pas de chauffage. Ils ont été obligés d'annuler l'école. T'aurais entendu l'explosion ! Toutes les vitres bougeaient. On aurait dit un tremblement de terre. Quatorze enfants souffrent de coupures et de brûlures, et leurs parents font un procès à l'école pour rembourser les frais médicaux. Il était à peu près 10 heures du matin. On venait de faire la dictée, quand tout à coup... »

Le monsieur au chapeau derby qui était derrière Jamie dans la file d'attente, et qui ressemblait plus à un fonctionnaire des Nations Unies qu'à un simple visiteur, dit :

« Qu'est-ce qui bloque cette file d'attente... Je répète : qu'est-ce qui bloque cette file d'attente ? »

La fille donna deux billets à Jamie. Au même instant, l'homme au chapeau posa son argent sur le guichet. La fille suivit des yeux Jamie et Claudia qui partaient et dit :

« Où est ?... »

Elle ne put finir sa question : l'homme au chapeau s'était mis à la sermonner :

« Pas étonnant que les Nations Unies mettent autant de temps à réaliser quoi que ce soit. Je n'ai jamais vu une file d'attente avancer aussi lentement. » Il avait l'air d'être de la maison, mais agissait tout autrement.

La jeune fille rougit en lui donnant son billet :

« J'espère que votre visite vous sera agréable, monsieur. » Elle se comportait, elle, comme quelqu'un de la maison.

Jamie et Claudia attendaient avec les autres que leurs numéros soient appelés.

Claudia dit tout bas à Jamie :

« Tu réfléchis drôlement vite, dis donc. Comment as-tu fait pour trouver le coup de la chaudière ?

— Elle était prête dans ma tête depuis qu'on a quitté la maison, je n'avais pas encore eu l'occasion de m'en servir, répondit-il.

— Et moi qui croyais avoir pensé à tout ! dit Claudia.

— T'inquiète pas, c'était pas mal quand même.

— T'es un sacré bonhomme !

— Merci. » Jamie sourit.

Le guide qui appelait les numéros dit enfin :

« Les personnes dont les billets sont numérotés de 106 à 121 sont priées de se diriger vers les doubles portes en face de ce comptoir. Votre guide vous prendra là pour commencer la visite. »

Claudia et Jamie se rendirent à l'endroit indiqué. Leur guide était une jeune Indienne en sari, avec une longue tresse nouée d'un simple ruban, qui lui pendait dans le dos bien au-delà de la taille. Elle soulevait les plis de son sari d'une main ; sa démarche allait avec son costume : elle faisait des petits pas légers et tout le mouvement semblait venir des genoux. Claudia regardait sa peau, qui la faisait penser à une topaze fumée :

Novembre, la pierre de naissance de sa mère. Elle suivait l'accent de leur guide et reformait les sons dans sa tête sans écouter ce qu'ils voulaient dire.

Ainsi, quand la visite fut terminée, Claudia ne savait pas grand-chose sur les Nations Unies, mais elle avait découvert quelque chose : porter le sari était une manière d'être différent. Elle avait deux possibilités quand elle serait grande, rester ce qu'elle était et partir s'installer dans un endroit comme l'Inde où personne ne s'habillait comme elle, ou bien porter des vêtements différents — peut-être ceux de la jeune guide indienne — et continuer à vivre dans un endroit banal comme Greenwich.

« Qu'est-ce que tu as pensé de ces écouteurs que tu peux régler en n'importe quelle langue ? demanda Jamie à sa sœur. Chouette, non ? »

Claudia avait le regard lointain.

« Ououiii », répondit-elle, d'une voix traînante.

Jamie l'observa attentivement : l'un de ses bras était plié à angle droit, et elle tenait l'autre pressé contre son ventre. Sa démarche semblait plus courte et plus légère que d'habitude, et il semblait régner une activité intense dans la région de ses genoux.

« Qu'est-ce qui t'arrive ? demanda-t-il. Tu as des crampes d'estomac ou quoi ?

— Tu vois, Jamie, tu pourrais faire le tour du monde entier, et rentrer en te demandant si les sandwichs au thon de Choc' Noisettes coûtent toujours 35 *cents*.

— C'est ça qui te donnait des crampes d'estomac?

— Oh, laisse tomber, tu veux?» Claudia se dit qu'il lui faudrait trouver un autre moyen d'être différente. L'Ange l'aiderait sûrement, d'une manière ou d'une autre.

Ses espoirs étaient plus que jamais concentrés sur la boîte postale n° 847, et le lendemain, lorsqu'ils regardèrent par la petite fenêtre, ils virent une enveloppe à l'intérieur. Claudia se sentait prête à recevoir la médaille des grandes découvertes et devenir à douze ans l'héroïne de Greenwich. Jamie était tellement excité qu'il arrivait à peine à mettre la clé dans la serrure. Claudia attendit qu'il l'ouvre, puis qu'il décachète l'enveloppe. Il tint la lettre largement dépliée de manière qu'ils puissent la lire ensemble. En silence.

(Saxonberg, vous trouverez ci-joint une copie de cette lettre, dont j'ai évidemment conservé l'original dans mes archives.)

« *Chers amis du musée,*
Nous vous remercions sincèrement de l'inté-
rêt que vous prouvez en tâchant de nous aider

à percer le mystère de la statue. *Nous connaissons depuis longtemps l'indice dont vous faites état, et cet indice reste même notre argument le plus solide pour attribuer cette œuvre au grand maître, Michel-Ange Buonarroti. Des preuves supplémentaires cependant seraient nécessaires car il est notoire que Michel-Ange n'a pas sculpté tous les blocs de marbre qui ont été taillés pour lui et portent sa marque. Nous ne pouvons pas négliger la possibilité que cette œuvre ait été réalisée par quelqu'un d'autre, ni que quelqu'un ait pu imiter cette marque et la graver dans le marbre beaucoup plus tard. Nous résumerons les différentes possibilités de la manière suivante.*

1. L'œuvre a été conçue et réalisée par Michel-Ange lui-même.

2. L'œuvre a été conçue par Michel-Ange mais exécutée par quelqu'un d'autre.

3. L'œuvre n'a été ni dessinée ni réalisée par Michel-Ange.

Nous espérons, bien entendu, trouver des preuves de la première hypothèse.

Ni Condivi, ni Vasari, les deux biographes de Michel-Ange qui le connurent personnellement, ne mentionnent le travail du maître à propos de ce petit chef-d'œuvre. Ils ne parlent que de l'Ange sculpté pour l'autel de l'église de Sienne. Toutefois, Michel-Ange écrivit le 19 août 1497, dans une lettre à son père :

"J'ai acheté un morceau de marbre pour cinq ducats et je travaille celui-ci pour mon plaisir."

Autrefois, les experts pensaient que ce qu'il sculptait pour son plaisir était un cupidon. A présent, nous devons nous demander s'il ne s'agissait pas d'un ange.

Le problème de l'Ange est maintenant devenu une question de consensus. Quatre Américains, deux Anglais et un Allemand, tous experts en ce qui concerne les techniques de Michel-Ange, ont jusqu'à présent examiné la statue. Nous attendons l'arrivée de deux autres experts de Florence, en Italie. Lorsque tous ces experts auront examiné la statue, nous établirons un rapport sur leurs opinions que nous communiquerons à la presse.

Nous vous remercions infiniment de votre intérêt et nous serons heureux que vous nous communiquiez éventuellement d'autres indices, si vous en découvrez.

Avec nos meilleurs salutations,
Harold C. Lowery
Relations publiques,
Metropolitan Museum of Art. »

Claudia et Jamie marchèrent du bureau de poste jusqu'à la gare centrale et s'assirent dans la salle d'attente. Ils restèrent parfaitement immobiles, déçus au-delà de tout. Claudia aurait mieux pris la chose si la lettre n'avait pas été aussi courtoise. Une lettre désagréable ou sarcastique peut vous mettre légitimement en colère, mais que faire contre une lettre de rejet poli? Rien, sinon pleurer. C'est ce qu'elle fit.

Jamie la laissa pleurer un moment. Il resta là à gesticuler et à compter les bancs de la salle d'attente. Elle pleurait toujours. Il se mit à compter les gens assis sur les bancs. Elle continuait; il calcula la moyenne des gens assis par banc.

Lorsque le plus gros des sanglots fut passé, il dit:

« Au moins ils nous ont traités comme des adultes. Cette lettre est pleine de grands mots, et tout ça.

— Tu parles d'une consolation, sanglota Claudia. Pour eux, nous sommes des adultes. » Elle cherchait dans son kleenex un coin propre qu'elle pourrait encore utiliser.

Jamie la laissa renifler encore un peu, et puis il demanda doucement:

« Qu'est-ce qu'on fait maintenant? On rentre à la maison?

— Quoi? Rentrer à la maison maintenant? Nous n'avons même pas nos habits. Et notre transistor est dans l'étui à violon. On rentrerait à la maison les mains complètement vides.

— On pourrait laisser les vêtements; ils sont tout gris maintenant.

159

— Mais la radio, on ne s'en est même pas servis. Comment les affronter tous à la maison? Sans radio ni rien? Sans rien du tout... » Elle se tut un instant et répéta : « Sans rien du tout ; on n'a rien fait du tout.

— On s'est bien amusés quand même, suggéra Jamie. C'était pas ça que tu voulais en quittant la maison, Claude? J'ai toujours cru que c'était ça. »

Claudia recommença à pleurer de plus belle.

« Oui, mais ça c'était avant, sanglota-t-elle.

— Tu as dit que tu rentrerais à la maison

160

quand tu saurais pour l'Ange. Tu sais maintenant !

— Mais non, justement, je ne sais pas.

— Tu sais que tu ne sais pas. Comme les
gens du musée ne savent pas eux non plus.
Allez viens, on leur racontera comment
c'était d'habiter dans le musée. L'étui à
violon sera la preuve. Tu te rends compte
qu'on y a habité une semaine entière ?

— Oui, soupira Claudia. Seulement une
semaine. J'ai l'impression d'avoir plongé
dans un lac pour sauver un petit garçon de
la noyade, et ce que j'avais pris pour un
garçon n'était qu'une vieille bûche trempée.

161

Tu parles d'une héroïne, mouillée pour rien. » Elle se remit à pleurer.

« Tu te mouilles, ça c'est sûr... Tu as commencé cette aventure en faisant une fugue. Confortablement. Et puis tout à coup, avant-hier, tu décides d'être un héros, en plus !

— Une héroïne. Comment aurais-je pu savoir que je voulais devenir une héroïne alors que ça ne m'était jamais venu à l'idée ? C'est la statue qui m'a donné une chance... Presque... Il faut que nous fassions une autre découverte.

— Les gens du musée aussi. Quelle découverte plus importante, toi, Claudia Kincaid, fugueuse de sexe féminin, peux-tu faire ? Un enregistrement de Michel-Ange disant : "C'est moi qui l'ai sculpté !" Eh bien, je regrette : ils n'avaient pas de magnétophone il y a 470 ans.

— Je sais bien. Mais si nous faisions une vraie découverte, je saurais comment retourner à Greenwich.

— Tu n'as qu'à prendre le train de New Haven, idiote. Comme on a fait à l'aller. »

Jamie perdait patience.

« Ce n'est pas ce que j'ai voulu dire. Je veux trouver un moyen de rentrer, différente.

— Si tu veux un moyen différent, soupira Jamie, tu peux aussi prendre le métro jusqu'à la 125e Rue et puis après, prendre un train.

— Je n'ai pas dit différent, j'ai dit différente. Je veux, moi, être différente, quand je rentrerai. Être une héroïne c'est être différente.

— Claudia, il y a une chose que tu peux faire différente...

— Différemment, l'interrompit Claudia

— Saucisse, va ! Eh bien, c'est justement ça. Si tu veux devenir différente, tu pourrais par exemple arrêter de finir toutes les discussions en corrigeant ma grammaire.

— Je vais essayer », dit Claudia doucement.

Jamie fut surpris de sa douceur, mais il poursuivit néanmoins sur le même ton :

« Pour cette découverte que tu veux faire...

— Jamie. Je veux savoir si Michel-Ange a fait cette statue. Je ne sais pas exactement pourquoi je veux le savoir, mais il faut que je sache. Absolument. D'une manière ou d'une autre. Une vraie découverte m'aidera.

— Si les experts ne sont pas sûrs de savoir, moi ça m'est égal de ne pas savoir. Allons acheter nos billets de retour. » Jamie se dirigea vers le quai de New Haven. Claudia resta en arrière. Quand Jamie s'aperçut qu'elle ne suivait pas, il retourna près d'elle et la sermonna : « Tu n'es jamais contente,

Claudia. Quand tu as tous les A en classe, tu te demandes où sont les "plus". Tu pars pour faire une fugue et pour finir tu veux tout savoir. Tu veux être à la fois Jeanne d'Arc, Marie Curie et Florence Nightingown.

— Nightingale[1] », soupira Claudia. Et puis elle se leva et suivit lentement son frère. Mais elle se sentait trop déprimée pour rentrer chez elle. Elle ne pouvait pas. Vraiment pas. Ce n'était pas LA chose à faire.

Il n'y avait que deux guichets qui n'annonçaient pas : "FERMÉ". Ils attendirent un petit moment pendant que l'homme qui les précédait achetait un forfait semaine comme celui qu'ils avaient utilisé pour venir à Manhattan.

Jamie s'adressa au préposé du guichet : « Je voudrais deux billets demi-tarif pour...

— FARMINGTON, CONNECTICUT, enchaîna Claudia.

— Pour aller à Farmington, il faut que vous alliez à Hartford et puis vous prendrez un bus », dit l'employé.

Jamie acquiesça à l'intention de l'homme, dit : « Excusez-moi un instant », et s'éloigna

1. Florence Nightingale créa autrefois, en Angleterre, le corps des Infirmières militaires. "Nightingale" veut dire "rossignol" en anglais, tandis que "nightingown", comme dit Jamie, signifie "chemise de nuit".

164

du guichet, en prenant Claudia par le bras.

« Mme Basil E. Franweiler, chuchota Claudia.

— Qu'est-ce qu'elle a Mme Basil E. Frankweiler ?

— Elle habite Farmington.

— Et alors ? dit Jamie. Ils ont dit dans le journal que sa maison était fermée.

— Ils ont dit que sa maison de New York était fermée. Tu ne peux rien lire correctement ?

— Si tu me parles comme ça, Claude...

— D'accord, Jamie, d'accord. Je ne devrais pas te parler comme ça. Mais je t'en prie, allons à Farmington. Jamie, je t'en prie. Tu ne comprends pas à quel point c'est important pour moi de découvrir la vérité sur l'Ange ? J'ai l'impression qu'elle nous recevra et qu'elle sait.

— Je t'ai jamais vue avoir une impression, Claude. D'habitude tu planifies tout.

— J'ai déjà eu une impression comme cela.

— Quand ?

— Le soir où ils ont changé la statue de place, où je suis restée dans les toilettes et ne me suis pas fait prendre. Seulement, à ce moment-là, je ne savais pas que c'était une "impression".

— D'accord, on va à Farmington », dit

Jamie. Il retourna au guichet et acheta deux billets demi-tarif pour Hartford.

Ils attendaient le train sur le quai 27 quand Claudia dit à Jamie :

« C'était une première pour toi aussi.

— Quoi ? demanda-t-il.

— Acheter quelque chose sans en demander le prix avant.

— Oh, ça a dû m'arriver déjà, répondit-il.

— Quand ? Cite-moi une fois.

— Je ne me rappelle pas, là tout de suite. » Il réfléchit une minute, puis dit : « Je n'ai pas été radin toute ma vie, non ?

— Depuis que je te connais, si ! répondit Claudia.

— Tu me connais depuis aussi longtemps que je me connais, dit-il en souriant.

— Oui, dit Claudia, je suis l'aînée depuis avant ta naissance. »

Le voyage en train leur plut. Ils traversèrent toute une zone qu'ils n'avaient jamais vue. Claudia arriva à Hartford, beaucoup plus heureuse qu'elle ne s'était sentie depuis le courrier du matin. Elle avait repris confiance en elle.

La gare de Hartford se trouvait sur Farmington Avenue. Claudia en déduisit qu'ils ne devaient pas être très loin de la ville du même nom. Pourquoi prendre un autobus si l'on ne sait pas où descendre ? Sans consulter Jamie, elle héla un taxi. Lorsqu'il s'arrêta, elle y monta et Jamie la suivit. Claudia pria le chauffeur de les conduire à la maison de Mme Basil E. Frankweiler, à Farmington, Connecticut. Puis elle s'appuya au dossier : enfin dans un taxi !

(C'est à ce moment de l'histoire que j'apparais, Saxonberg. Claudia et Jamie Kincaid vinrent me rendre visite pour me questionner sur l'Ange.)

9

Ils firent tout le chemin sur ma longue et large route à trois voies.

« Tu crois que Mme Frankweiler a toute l'autoroute ? » demanda Jamie.

Le chauffeur de taxi répondit :

« C'est pas une autoroute, c'est sa propriété privée. J'vais vous dire, elle est pleine aux as, cette femme-là. Y'a que devant la maison qu'ça commence à ressembler à une allée normale. »

Claudia s'aperçut qu'il disait vrai. Mon allée bordée d'arbres forme un rond-point devant ma maison. Jamie leva les yeux :

« Encore un musée ! dit-il.

— C'est bien, nous ne serons pas dépaysés ! » répliqua Claudia.

Jamie paya le chauffeur de taxi. Claudia le tira par la manche et chuchota :

« Donne-lui un pourboire. »

Jamie haussa les épaules et donna de l'argent au chauffeur. Le chauffeur sourit, ôta son chapeau, fit une révérence et dit :

« Merci, monsieur. »

Lorsqu'il fut parti, Claudia demanda :

« Tu lui as donné combien ?

— Tout ce qui me restait.

— C'est stupide, dit Claudia. Comment on va rentrer maintenant ? »

Jamie soupira :

« Je lui ai donné dix-sept *cents*. Ce n'est pas un pourboire exagéré. Et puis ça nous aurait pas suffi pour rentrer. On est complètement fauchés. Quel effet cela te fait, Miss Taxi ?

— Pas très agréable, murmura-t-elle. L'argent, cela rassure et c'est confortable.

— Eh bien, Lady Claudia, nous venons d'échanger la sécurité contre l'aventure.

— Tu ne peux plus m'appeler Lady Claudia. Nous sommes pauvres à présent. »

Ils gravirent les basses et larges marches de mon perron. Jamie tira la sonnette. Parks, mon maître d'hôtel, répondit.

« Nous aimerions voir Mme Basil E. Frankweiler, lui dit Jamie.

— Qui dois-je annoncer ? »

Claudia s'éclaircit la voix :

« Claudia et Jamie Kincaid.

— Un instant, s'il vous plaît. »

Ils restèrent seuls dans le hall d'entrée beaucoup plus longtemps que « un instant s'il vous plaît » avant le retour de Parks.

« Mme Frankweiler dit qu'elle ne vous connaît pas.

— Nous aimerions qu'elle fasse notre connaissance, insista Claudia.

— De quoi s'agit-il ? » demanda-t-il. Parks pose toujours cette question.

Ils eurent tous les deux un moment d'hésitation. Jamie fut le premier à se décider :

« Dites, s'il vous plaît, à Mme Frankweiler que nous cherchons des renseignements sur la Renaissance italienne. »

Parks resta absent pendant dix bonnes minutes la deuxième fois.

« Suivez-moi, je vous prie, ordonna-t-il. Mme Frankweiler vous recevra dans son bureau. »

Jamie fit un clin d'œil à sa sœur. Il était persuadé que le fait d'avoir parlé de la Renaissance italienne m'avait intriguée.

Ils suivirent Parks à travers ma salle de séjour, mon salon et ma bibliothèque. Toutes ces pièces tellement remplies de meubles anciens, de tapis orientaux, et d'énormes chandeliers que vous vous plaigniez qu'elles sentent le vieux aussi. Sachez que lorsqu'une maison est aussi vieille que la mienne, tout est obligatoirement épaissi par le temps. Même l'air. Après avoir vu tout ceci, mon

bureau
les surprit.
Il surprend
tout le monde
d'ailleurs. (Vous m'avez dit un jour, Saxonberg, que mon bureau faisait plus penser à
un laboratoire qu'à un bureau. C'est pour
cela que j'appelle ce que j'y fais : mes
recherches.) Mais c'est vrai qu'il doit ressembler à un laboratoire parce qu'il est meublé
en acier, formica, vinyle et éclairé au néon.
En tout cas, il y a un détail qui le fait
ressembler à un bureau, ce sont les rangées
et les rangées d'archives qui couvrent les
murs.

J'étais assise à l'une des tables, avec mon
habituelle blouse blanche de laborantine et
mon collier de perles baroque, quand les
enfants entrèrent.

« Claudia et James Kincaid », annonça
Parks.

Je les fis attendre un bon moment. Parks avait toussoté au moins six fois avant que je me retourne. (Vous vous doutez bien, Saxonberg, que je n'ai pas perdu mon temps entre le moment où Parks m'annonça la visite de Claudia et Jamie et celui où il fit entrer les enfants dans mon bureau. Je faisais des recherches. C'est à ce moment-là aussi que je vous ai appelé. Au téléphone, vous aviez l'air de tout sauf d'un avocat. Écœurant!) J'entendais les enfants gesticuler impatiemment. L'attitude imperturbable de Parks les empêcha de m'interrompre. Ils trépignaient et gigotaient; Jamie émit même deux éternuements terriblement faux pour attirer mon attention. Mais j'ai l'art d'ignorer les faux éternuements et je poursuivis mes recherches.

Je n'aime pas perdre mon temps, et quand je me retournai enfin, ce d'un geste brusque, je demandai tout de suite:

« Êtes-vous les deux enfants qui ont disparu de Greenwich depuis une semaine? »

(Vous reconnaîtrez, Saxonberg, que j'ai quand il le faut un sens inné de l'effet dramatique.)

Ils s'étaient habitués à n'être pas découverts, au point d'oublier complètement qu'ils étaient des fugueurs. Ils semblèrent saisis de stupeur, et comme pris au piège.

« Bon, ne me dites rien, je connais la réponse.

174

— Mais comment vous nous connaissez? fit Jamie.

— Vous avez appelé la police? demanda Claudia en même temps.

— Par les journaux », répondis-je à Jamie. Et je dis « non » à la question de Claudia. « A présent, asseyez-vous tous les deux et parlez-moi de la Renaissance italienne. »

Jamie jeta un coup d'œil en direction des journaux que je venais de consulter:

« On est dans le journal? » Il avait l'air enchanté.

« Oui, il y a même vos photos.

— J'aimerais bien voir ça, dit Claudia. On n'a pas pris une photo correcte de moi depuis que j'ai appris à marcher.

— Voilà. » Je lui montrai plusieurs journaux. « Il y a trois jours vous étiez à la cinquième page du journal de Hartford, à la deuxième page de celui de Stamford et en première page du journal de Greenwich.

— En première page à Greenwich? demanda Claudia incrédule.

— C'est ma photo de classe en onzième! s'exclama Jamie. Regardez, il me manque une dent de devant.

— Mon Dieu, cette photo a au moins trois ans. Maman n'a même pas acheté mes photos de classe ces deux dernières années. » Claudia montra le journal à Jamie: « Tu trouves que je ressemble encore à ça?

— Oui, assez, dis-je. Et maintenant

qu'est-ce que vous vouliez me dire à propos de la Renaissance italienne ?

— Est-ce que votre maître d'hôtel appelle la police pendant que vous nous gardez ici ? demanda Jamie.

— Non, et je n'ai pas l'intention de vous rassurer indéfiniment. Si vous continuez comme ça, je vais vous trouver tellement ennuyeux que j'appellerai la police et vos parents pour me débarrasser de vous. Est-ce clair, jeune homme ?

— Oui, marmonna Jamie.

— Et vous, jeune fille ? »

Claudia hocha la tête. Ils baissaient le nez tous les deux. Alors je demandai à Jamie :

« Je vous fais peur, jeune homme ? »

Il leva les yeux :

« Non, madame. J'ai l'habitude des choses qui font peur. Et puis vous n'êtes pas si laide.

— Si laide ? Je ne parlais pas de mon apparence. »

En fait je n'y pense plus beaucoup. Je sonnai Parks, et lorsqu'il arriva je le priai de m'apporter un miroir. On attendit son retour sans rien dire, et le silence se prolongea pendant que, le miroir à la main, je procédais à une longue et minutieuse inspection de mon visage.

Ce n'est pas un mauvais visage, à part que le nez semble s'être allongé ces derniers temps, et que la lèvre supérieure a l'air collée sur les dents. Ces choses-là arrivent lorsque les gens vieillissent, n'est-ce pas? Et c'est ce que je fais. Il faudrait aussi que je m'occupe de mes cheveux au lieu de les faire couper par Parks. Ils sont tout blanc maintenant et l'on dirait du nylon. Peut-être devrais-je prendre le temps de me faire faire une permanente, bien que je déteste les salons de coiffure.

« Mon nez s'est allongé, comme celui de Pinocchio, mais pas pour la même raison. Enfin pas toujours », dis-je en reposant le miroir. Claudia me regardait bouche bée, et je me mis à rire. « Ah, alors vous pensiez la même chose? Ça ne fait rien. Je ne regarde jamais que mes yeux. Comme ça je me trouve toujours jolie. Les fenêtres de l'âme, vous comprenez? »

Claudia fit un pas vers moi:

« Vous avez vraiment de beaux yeux. Quand on les regarde, c'est comme un kaléidoscope, avec ces taches dorées qui attrapent la lumière. »

Elle était tout près de moi à présent et me dévisageait vraiment. C'était désagréable et j'y mis fin.

« Tu passes beaucoup de temps à te regarder dans la glace, Claudia?

— Quelquefois oui, quelquefois non.

— Est-ce que tu veux te regarder maintenant?

— Non merci.

— Très bien, dis-je. Alors, continuons. Parks, s'il vous plaît, veuillez remettre ce miroir à sa place. Nous allons parler de la Renaissance italienne. James, depuis que tu m'as dit que j'avais l'air effrayant, tu n'as pas prononcé un mot.

— On veut savoir pour la statue, bégaya Jamie.

— Parle, mon garçon, ordonnai-je. Quelle statue ?

— La statue du Metropolitan Museum à New York. A Manhattan. La statue de l'Ange.

— Celle que vous avez vendue 225 dollars », ajouta Claudia.

Je me dirigeai vers mes dossiers de presse et je sortis une chemise dans laquelle j'avais rangé tous les articles concernant la vente aux enchères et l'achat de la statue par le musée. Elle contenait l'article à propos de la foule qui venait voir la statue.

« Pourquoi l'avez-vous vendue ? demanda Claudia en montrant la photo de l'Ange.

— Parce que je n'aime pas donner les choses.

— Si j'avais eu une aussi jolie statue, je ne l'aurais jamais vendue. Ni donnée. Je l'aurais aimée comme un membre de ma propre famille, déclara Claudia d'un air de reproche.

— A voir tous les soucis que vous avez

donnés à votre famille, ce n'est pas une référence.

— Ils se sont inquiétés ? demanda-t-elle.

— Si tu n'avais pas été si absorbée par la contemplation de ta photo dans le journal, tu aurais pu lire qu'ils sont presque fous d'inquiétude. »

Claudia rougit.

« Mais je leur ai écrit pour leur dire de ne pas s'inquiéter.

— Apparemment ta lettre n'a servi à rien. Tout le monde est très inquiet.

— Mais je leur disais de ne pas s'inquiéter, répéta-t-elle. De toute façon, nous rentrons à la maison dès que vous nous aurez dit si c'est Michel-Ange qui a sculpté l'Ange. Alors c'est lui ?

— C'est mon secret, répondis-je. Où étiez-vous toute cette semaine ?

— C'est notre secret ! répondit Claudia, le nez en l'air.

— Un point partout ! » dis-je gaiement. J'étais sûre à présent que j'aimais bien ces deux enfants. « Maintenant, allons déjeuner. »

En les regardant en pleine lumière, je me rendis compte qu'ils étaient froissés, poussiéreux et grisâtres. Je les envoyai faire leur toilette pendant que je demandai à la cuisinière de prévoir deux couverts de plus.

Parks conduisit Jamie dans une salle de bains ; ma femme de chambre, Hortense, mena Claudia dans une autre. Apparemment, Claudia prit le plus grand plaisir de sa vie à sa toilette ce jour-là. Elle y mit un temps fou, se regarda longuement dans tous les miroirs et observant attentivement ses yeux, elle en conclut qu'elle aussi était belle. Mais ce qui la frappa le plus fut certainement la superbe baignoire en marbre noir.

(Je dois dire que, même dans cette élégante maison qui est la mienne, la salle de bains en question est particulièrement luxueuse. Tous les murs sont en marbre noir, sauf un qui n'est qu'un miroir. Les robinets sont d'or, et en forme de tête de dragon. La baignoire est comme une piscine de marbre noir creusée dans le sol, avec deux marches pour y descendre.)

Elle n'avait pas de souhait plus ardent que de prendre un bain dans cette piscine. Elle regarda ses yeux au miroir encore un moment, puis dit à son image : « Tu n'auras plus jamais une occasion pareille, Lady Claudia. Vas-y. Fais-le. » Et elle le fit. Elle ouvrit les robinets en grand et se déshabilla pendant que la baignoire se remplissait.

Au même moment Jamie faisait sa toilette habituelle. C'est-à-dire qu'il lavait la paume de ses mains, mais pas le dos, sa bouche mais pas ses yeux. Il sortit de la salle de bains bien avant Claudia et comme il s'impatientait, il se promena de chambre en chambre jusqu'à ce qu'il trouve Hortense à qui il demanda des nouvelles de sa sœur. Il suivit ses indications jusqu'à la salle de bains de Claudia. A travers la porte, il entendit l'eau qui coulait toujours. Il faut beaucoup d'eau pour remplir cette baignoire.

« Suicide ! pensa-t-il. Elle va essayer de se noyer parce qu'on a été découverts. »

Il tenta d'ouvrir la porte ; elle était fermée à clé.

« Claudia, cria-t-il, il y a quelque chose qui ne va pas ?

— Non, non, j'arrive tout de suite.

— Pourquoi tu mets tout ce temps ?

— Je prends un bain !

— Saucisse ! » répondit Jamie. Et puis il partit à ma recherche. J'attendais dans la salle à manger. J'ai l'habitude de manger à heures fixes et j'avais très faim.

« Ma cinglée de sœur est en train de prendre un bain. Ne vous occupez pas d'elle. Elle en prend même en rentrant de la piscine. Elle nous a fait baigner quand on était au Metropolitan Museum. On devrait commencer sans elle. »

Je souris :

« Je crois, James, que c'est ce que tu as fait. »

J'appelai Parks qui apparut avec la salade et commença à servir.

« Comment Claudia a-t-elle pu prendre un bain au musée ? demandai-je d'un air détaché.

— Dans la fontaine. C'était froid, mais j'étais content quand même quand on a trouvé... Oh ! zut... Je l'ai dit. Zut, zut, zut, je l'ai dit ! » Il mit son coude sur la table, le menton dans sa main et secoua la tête plusieurs fois de gauche à droite. « Je suis vraiment nul pour garder les secrets. Ne dites pas à Claudia que je l'ai dit, s'il vous plaît.

— Je suis curieuse de savoir comment vous avez fait. »

J'étais *vraiment* curieuse, et vous savez le charme dont je suis capable quand je veux obtenir quelque chose.

« Claude vous racontera, c'est elle qui s'est occupée de l'organisation. Moi, je faisais les comptes. Elle a beaucoup d'idées, mais elle est aussi très dépensière. Je me suis bien débrouillé jusqu'à aujourd'hui. Mais maintenant on est complètement fauchés. On n'a plus un *cent* pour rentrer à Greenwich.

— Vous pouvez marcher ou faire du stop.

— Essayez de dire ça à Claude, vous allez voir.

— Vous pouvez aussi vous rendre. La police vous ramènera ou vos parents viendront vous chercher.

— Ça plairait peut-être à Claude, mais j'en doute. En tout cas, elle serait sûrement pas d'accord pour marcher.

— On pourrait peut-être s'arranger : vous

me donnez des détails, et moi je vous raccompagne chez vous. »

Jamie secoua la tête :

« Il va falloir que vous traitiez avec Claudia. Moi je ne peux décider que pour l'argent, et nous n'en avons plus du tout.

— Si ta seule monnaie d'échange est l'argent, tu es pauvre en vérité. »

Le visage de Jamie s'éclaira soudain :

« Vous voulez jouer aux cartes ?

— Quel jeu ? demandai-je.

— La bataille.

— Je suppose que tu triches.

— Oui, dit-il en soupirant.

— Peut-être que je jouerai quand même après le déjeuner.

— On peut commencer à manger maintenant ? demanda Jamie.

— Les bonnes manières ne te préoccupent pas beaucoup, n'est-ce pas ?

— C'est-à-dire qu'elles ne me préoccupent pas beaucoup quand j'ai aussi faim que maintenant.

— Tu es quand même honnête quelquefois. »

Jamie haussa les épaules :

« Vous pouvez me dire que je suis honnête pour tout, sauf les cartes. Je ne sais pas pourquoi, je ne peux pas m'empêcher de tricher aux cartes.

— Mangeons », dis-je.

J'étais assez impatiente, car j'apprécie une

bonne partie de cartes, et Jamie promettait d'être un fameux adversaire.

Claudia apparut alors que nous finissions notre potage. Je vis qu'elle était ennuyée que nous ayons commencé sans elle. Elle avait été élevée dans le respect des bonnes manières et tenait beaucoup à nous faire savoir qu'elle était ennuyée, et pourquoi. Elle joua la froideur et je fis semblant de ne pas m'en apercevoir. Quant à Jamie, il n'avait rien remarqué du tout.

« Je ne prendrai pas de potage, annonça Claudia.

— Il est bon, dit Jamie. Tu es sûre que tu ne veux pas le goûter ?

— Non merci », dit Claudia, toujours glaciale.

Je sonnai Parks, qui arriva avec une casserole en argent.

« Qu'est-ce que c'est ? demanda Jamie.

— Nouilles et fromage en casserole », répondit Parks en français.

Claudia parut intéressée :

« J'en prendrai un peu, s'il vous plaît. Ça m'a l'air tout à fait spécial. »

Parks servit. Claudia regarda dans son assiette, releva la tête vers moi et dit d'un air déçu :

« Ce ne sont que des macaronis au gruyère.

— Tu vois, dis-je en riant de bon cœur,

184

sous mes airs mystérieux, je ne suis qu'une femme toute simple. »

Alors Claudia éclata de rire, nous avec elle, et nous pûmes enfin déjeuner dans la bonne humeur. Je demandai à Claudia ce qu'elle aimerait faire pendant que Jamie et moi jouerions aux cartes. Nous regarder jouer et réfléchir, répondit-elle.

« Réfléchir à quoi ?

— Au moyen de rentrer à la maison.

— Appelez votre famille, ils viendront vous chercher.

— Oui, mais c'est dur à expliquer au téléphone. Ça va être un tel choc. »

Je n'en revenais pas :

« Tu crois sincèrement que c'est votre retour qui va créer un choc ?

— Je ne sais pas, je ne me suis pas vraiment posé la question. J'ai été trop occupée à penser à Michel-Ange et à ne pas me faire prendre. Si seulement vous vouliez me dire si la statue a été sculptée par Michel-Ange, alors je pourrais rentrer.

— Quelle différence cela ferait-il ? demandai-je.

— Eh bien, c'est-à-dire que...

— Tu veux dire que faire une fugue n'a pas changé grand-chose ? Tu étais toujours la même Claudia qu'à Greenwich, qui organise, qui lave et qui range ?

— Oui, je crois que c'est ça, dit Claudia doucement.

— Alors pourquoi es-tu partie ? »

Claudia se mit à parler très lentement ; elle formulait ses pensées pour la première fois depuis longtemps :

« L'idée m'est venue parce que j'étais fâchée contre mes parents. Voilà pour l'idée. Ensuite j'ai commencé à élaborer le projet. Je me disais qu'il fallait penser à tout, et en fait j'avais vraiment pensé à beaucoup de choses, n'est-ce pas Jamie ? » Elle regarda son frère qui hocha la tête. « J'ai bien aimé l'organisation, surtout parce que personne n'était au courant. Je suis très douée pour l'organisation.

— Et plus tu organisais ta fugue, plus elle ressemblait à ta vie habituelle, l'interrompis-je.

— Oui, c'est exactement ça. Mais c'était quand même bien de vivre hors de chez nous dans des conditions agréables. »

(Vous remarquerez que Claudia continuait à éviter soigneusement de me dire où elle et Jamie avaient habité. Je ne voulais pas encore l'y obliger. J'avais envie d'aider cette enfant. Ne riez pas en lisant ceci, Saxonberg ; j'ai un fond de bonté.)

« Qu'est-ce que tu as le plus aimé en vivant loin de chez toi ? »

Jamie répondit le premier :

« Pas d'emploi du temps ! »

Claudia s'énerva :

« Mais, Jamie, nous en avions un, dans un

sens. Le meilleur possible, étant donné les circonstances. Ce n'était pas ça le plus amusant.

— Qu'est-ce qui était le plus amusant pour toi, Claudia?

— D'abord, c'était de se cacher. Et ne pas être découverts. Et puis quand c'est devenu facile, il y a eu l'Ange. Finalement l'Ange est devenu plus important que la fugue elle-même.

— Comment l'Ange a-t-il été impliqué dans votre fugue? dis-je doucement.

— Je ne vous le dirai pas», répondit Claudia.

Je pris un air surpris et demandai: «Pourquoi pas?

— Parce que si je vous disais comment l'Ange s'est trouvé mêlé à notre fugue, vous en sauriez beaucoup trop sur notre cachette.

— Tu veux dire que je pourrais même deviner où vous avez passé toute cette semaine?

— Oui, peut-être, répondit-elle d'un air évasif.

— Et pourquoi ne me le dis-tu pas, tout simplement?

— Je vous l'ai déjà dit: c'est notre secret.

— Tu ne veux pas perdre ta monnaie d'échange, suggérai-je. C'est pour cela que tu ne me dis pas où vous avez vécu?

— Oui, c'est une des raisons, dit-elle. L'autre, c'est que... Enfin je crois que... si je vous le dis, j'aurai vraiment l'impression que mon aventure est finie. Et je ne veux pas qu'elle finisse avant d'être sûre d'avoir ce que je voulais.

— L'aventure est terminée. Tout a une fin. Et l'on n'a jamais tout ce qu'on voulait. Sauf ce qu'on garde en soi. C'est comme les vacances. Il y a des gens qui passent toutes leurs vacances à prendre des photos pour pouvoir, en rentrant chez eux, montrer à leurs amis combien ils se sont amusés. Ils ne prennent pas le temps de jouir en eux-mêmes des vacances, pour les emporter avec eux.

— Je n'ai pas vraiment envie de vous dire où nous étions.

— Je sais, répondis-je.

— Vous savez que je n'ai pas envie de vous le dire ou vous savez où nous étions?

— Les deux », lui dis-je tranquillement. Et je me remis à manger des « nouilles et fromage en casserole ».

Claudia regarda Jamie. Il s'était fait tout petit sur sa chaise et se cachait derrière sa serviette. Claudia bondit et lui arracha la serviette. Jamie mit vivement ses bras devant son visage.

« Ça m'a échappé, je t'assure, Claudia, ça m'a échappé. »

La voix de Jamie était assourdie par ses bras qui protégeaient sa bouche.

« Jamie, Jamie, c'était tout ce que j'avais, tout ce que nous avions, la seule chose qui nous restait.

— J'ai oublié, Claude. Ça faisait tellement longtemps que je n'avais parlé à personne d'autre qu'à toi.

— Tu n'aurais pas dû lui dire à elle. Tu m'avais entendu lui dire que c'était notre secret. Deux fois. Maintenant tout est perdu. Comment veux-tu que je lui demande quoi que ce soit? Il a fallu que tu ailles tout raconter. Sale bavard ! »

Jamie m'implora du regard :

« Elle prend les choses au tragique.

— Claudia, dis-je, assieds-toi. »

Elle obéit. Je continuai :

« Tout n'est pas perdu. Je vais faire un marché avec vous deux. D'abord cessez de dire "elle" en parlant de moi. Je suis Mme Basil E. Frankweiler. Ensuite, si vous me racontez tous les détails de votre fugue, si vous me dites tout, absolument tout, je vous ferai ramener chez vous. Je demanderai à Sheldon, mon chauffeur, de vous raccompagner. »

Claudia secoua la tête :

« Non.

— Une Rolls Royce, Claudia, avec un chauffeur... C'est une proposition honnête », ajoutai-je pour la taquiner.

Jamie dit :

« Qu'est-ce que tu en penses, Claude ? C'est mieux que de marcher, non ? »

Claudia plissa les yeux et croisa les bras sur sa poitrine.

« Ça ne suffit pas. Je veux savoir pour l'Ange. »

J'étais contente de ne pas avoir à traiter avec un enfant stupide. J'admirais son caractère mais avant tout je voulais lui faire prendre conscience de la valeur de son aventure. Elle l'avait toujours considérée comme une chose qu'on achète : on l'évalue d'abord puis on s'informe. Cependant, elle était en train de pénétrer à petits pas dans le monde des adultes. Et j'avais décidé de lui donner un coup de pouce :

« Claudia, James, venez avec moi tous les deux. »

Nous traversâmes en file indienne plusieurs pièces jusqu'à mon bureau. Pendant une minute, je me sentis le capitaine d'une partie de « suivez le guide »...

Jamie me rattrapa :

« Pour une vieille dame, vous marchez drôlement vite. »

Alors Claudia rattrapa Jamie et lui donna un coup de pied.

Nous arrivâmes dans mon bureau et je les fis asseoir.

« Vous voyez toutes ces archives ? leur dis-je en désignant le mur côté sud. Ce sont mes secrets. Celui de l'Ange est dans l'un de ces dossiers. Je partagerai ce secret avec vous selon notre marché. Mais comme mon renseignement est maintenant plus important que le vôtre, vous aurez un handicap : il va falloir trouver vous-mêmes le dossier secret, et vous avez une heure pour le faire. » M'apprêtant à repartir, je leur rappelai : « Je ne veux ni désordre ni déplacement dans mes archives. Elles sont classées selon un ordre qui n'a de sens que pour moi. Si vous les mélangez, je ne retrouverai plus rien. Et tous nos accords seront annulés. »

Jamie dit :

« Vous avez vraiment la technique pour rendre les gens nerveux. »

Je ris et quittai la pièce. J'allai sur la pointe des pieds jusqu'au grand débarras attenant à mon bureau, d'où je pus suivre tout ce qu'ils firent et dirent.

Jamie se leva immédiatement et se mit à ouvrir les tiroirs. Claudia lui cria : « Arrête ! » Il obéit.

« Qu'est-ce qui te prend, Claude ? On n'a qu'une heure.

— Cinq minutes d'organisation valent quinze minutes de recherches désordonnées. Vite, donne-moi ce crayon et ce bloc-notes, là sur la table. »

Jamie courut les prendre, et Claudia se mit aussitôt à faire une liste.

« Voilà ce que nous allons chercher. Je

m'occupe des chiffres impairs, et toi des chiffres pairs.

— Je veux les chiffres impairs.

— Alors, prends les chiffres impairs, idiot ! »

Voici la liste de Claudia :

1. *Michel-Ange*
2. *Buonarroti*
3. *Ange*
4. *Galerie Parke-Bernet*
5. *Metropolitan Museum*
6. *Renaissance italienne*
7. *Ventes aux enchères*
8. *Sculpteur*
9. *Marbre*
10. *Florence, Italie*
11. *Rome, Italie*

Jamie vérifia la liste :

« J'ai changé d'avis. Je prends les chiffres pairs. Il y en a un de moins.

— Tu nous fais perdre du temps ! hurla Claudia. Prends les chiffres pairs, mais vas-y ! »

Ils se mirent à travailler très vite. Claudia recommanda à Jamie une ou deux fois de ne pas faire de désordre. Ils avaient parcouru toute la liste, pairs et impairs. Il y avait des dossiers pour tout ce qu'ils avaient cherché mais pas la moindre trace de l'Ange. Claudia était découragée. Elle regarda la pendule : plus que six minutes !

« Réfléchis, Jamie, réfléchis. A quoi pourrions-nous encore regarder ? »

Jamie plissa les yeux, signe d'une réflexion intense :

« Regarde voir...

— Qu'est-ce que c'est encore que cette expression ? "Regarde voir !"

— Saucisse ! Saucisse de Francfort, Saucisse de Bologne... Pourquoi tu me corriges toujours ?

— Bologne ! Bologne ! C'est ça, Jamie. Elle a acheté l'Ange à Bologne, en Italie. C'était écrit dans le journal. Regarde à "*Bologne*". »

Ils retournèrent aux archives et sortirent un gros dossier rempli de papiers et de documents. Il était intitulé : "BOLOGNE - ITALIE". Avant même de l'ouvrir, ils savaient que c'était le bon. Je le savais aussi. Ils avaient trouvé le dossier du secret.

Claudia n'était plus pressée : elle se dirigea calmement vers une table, posa délicatement le dossier, lissa sa jupe sur ses genoux et s'assit sur une chaise. Jamie sautillait sur place :

« Dépêche-toi, Claude. L'heure est presque passée. »

Claudia ne se laissa pas bousculer. Elle ouvrit la chemise cartonnée avec précaution, presque effrayée de ce qu'elle allait trouver. La preuve était scellée entre deux plaques de verre. C'était un très spécial et très ancien papier. D'un côté de la feuille il y avait un poème : un sonnet. Comme il était écrit en italien, ni Jamie ni Claudia ne purent le lire. Mais ils virent que l'écriture était belle et déliée, presque une œuvre d'art en elle-même. Et puis il y avait une signature : Michel-Ange. L'autre côté de la feuille ne nécessitait aucune traduction. Parce que là, au milieu d'esquisses de mains et de bustes, se trouvait un croquis de quelqu'un qu'ils connaissaient bien : l'Ange. Les tout premiers traits de ce qui allait devenir un mystère pour les musées 470 ans plus tard. Là, sur cette vieille feuille de papier, c'était la première idée de l'Ange telle qu'elle était passée de la tête de Michel-Ange à sa main, et qu'il l'avait griffonnée.

Claudia regarda le dessin jusqu'à ce que l'image se trouble : elle pleurait. Tout d'abord elle ne dit rien. Elle resta assise sur sa chaise, de grosses larmes sur les joues et le cadre de verre dans les bras, en balançant la tête. Quand elle put enfin parler, ce fut d'une voix étouffée, comme quand elle était à l'église :

« Tu te rends compte, Jamie, Michel-Ange lui-même a touché ce papier. Il y a plus de 400 ans. »

Jamie feuilletait le reste du dossier.

« Le verre, dit-il, je suis sûr qu'il ne l'a jamais touché. Est-ce que tu vois ses empreintes digitales dessus ? » Sans même attendre la réponse, il posa une autre question : « A ton avis, qu'est-ce que c'est les autres papiers ?

— Mes recherches sur l'Ange, dis-je en sortant de ma cachette. Il l'a sculpté à Rome, vous savez ? Je l'ai rangé dans les B, à *Bologne*, pour rendre vos recherches plus difficiles. »

Les deux enfants sursautèrent. En perdant leur sentiment d'urgence, ils m'avaient aussi complètement oubliée. Découvrir un trésor, cela rend tout le reste sans importance, n'est-ce pas ?

Claudia ne disait rien, rien de rien. Elle se cramponnait toujours au dessin en se balançant d'avant en arrière. Elle avait l'air en extase. Jamie et moi-même la regardâmes jusqu'à ce qu'elle sente nos yeux rivés sur elle comme quatre rayons lasers. Alors elle nous regarda et sourit :

« C'est Michel-Ange qui a fait la statue, n'est-ce pas, madame Frankweiler ?

— Bien sûr. Il y a longtemps que je le sais. Depuis que j'ai ce dessin.

— Et comment avez-vous eu l'esquisse ? demanda Jamie.

— C'est après la guerre...

— Quelle guerre ? l'interrompit Jamie.

— La Seconde Guerre mondiale. De quelle guerre pensais-tu que je parlais ? La guerre d'Indépendance américaine ?

— Vous êtes si vieille que ça ?

196

— Je ne répondrai même pas à une pareille question.

— Tais-toi, Jamie, dit Claudia. Laisse-la nous raconter. » Mais elle n'arrivait pas à se taire elle-même et se lança dans une explication : « Je parie que vous avez aidé quelque noble Italien ou quelque descendant de Michel-Ange à s'enfuir et qu'il vous a offert l'esquisse en gage de son éternelle gratitude.

— C'est une explication possible mais ce n'est pas la bonne. Il y avait un noble Italien, c'est exact.

— Il vous l'a vendue ? » demanda Jamie.

Claudia imagina une autre explication :

« Il avait une très jolie fille qui avait un besoin urgent de subir une opération chirurgicale et vous... »

Jamie l'interrompit :

« Tais-toi, Claudia. » Et puis il me demanda : « Pourquoi vous l'a-t-il donnée ?

— Parce que c'était un très mauvais joueur de poker et que moi, je joue très bien.

— Vous l'avez gagnée au jeu ? »

Je me vis remonter considérablement dans l'estime de Jamie.

« Oui.

— Et vous aviez triché ? demanda-t-il.

— Jamie, quand l'enjeu est important, je

ne triche jamais, je m'estime plus que cela. »

Jamie demanda :

« Pourquoi vous ne vendez pas l'esquisse ? On vous en donnerait un sacré paquet. Surtout qu'elle va avec la statue et tout ça ?

— Je tiens plus au secret qu'à l'argent », lui dis-je.

Je savais que Claudia comprenait cela. Jamie eut l'air ébahi.

« Merci d'avoir partagé votre secret avec nous, chuchota Claudia.

— Comment savez-vous que nous allons le garder, ce secret ? demanda Jamie.

— Allons, allons, un garçon qui triche aux cartes devrait pouvoir répondre à cette question. »

Le visage de Jamie se fendit en un large sourire.

« Corruption ! s'exclama-t-il. Vous allez nous corrompre. Chouette ! Allez, dites-moi, je suis prêt. Quel est le marché ? »

Je ris :

« Le marché est le suivant : vous me donnez les détails de votre fugue et je vous donne l'esquisse. »

Jamie en resta bouche bée :

« Ce n'est pas de la corruption, ça, d'ailleurs ça ne vous ressemble pas, madame Frankweiler. Vous êtes plus intelligente que ça. Comment savez-vous que votre secret ne va pas m'échapper comme l'histoire du musée ? »

Ce garçon m'amusait, décidément :

« Tu as raison, Jamie. Je suis plus intelligente que cela. J'ai un moyen de vous rendre tout à fait "étanches" en ce qui concerne le dessin.

— Et c'est quoi ?

— Je ne vais pas vous le donner tout de suite. Je vous le léguerai par testament. Vous ne révélerez pas mon secret parce que si vous le faites, je vous déshériterai. Tu perdrais tout cet argent, Jamie. Tu as dit toi-même que le dessin valait un sacré paquet, donc tu vas très bien garder ce secret. Claudia le gardera pour une autre raison. Elle semble avoir les mêmes intérêts que moi.

— C'est-à-dire ? demanda Jamie.

— Tout simplement parce que c'est un secret. Il lui permettra de rentrer à Greenwich, *différente*. »

Claudia regarda Jamie et hocha la tête. Elle approuvait ce que je venais de dire.

Je continuai :

« C'est ce qu'elle voulait vraiment, rentrer chez elle avec un secret. L'Ange renfermait un mystère qui le rendait excitant, important. Claudia ne souhaite pas l'Aventure. Elle aime trop les bains et son confort pour avoir ce genre de goûts. Les secrets sont les sortes d'aventures dont elle a besoin. Ils ne sont pas dangereux, mais ils peuvent vraiment vous rendre différent. A l'intérieur de soi surtout, là où cela compte. Je n'attends pas de vous un secret, mais je veux avoir des détails. Je collectionne un tas de choses en dehors de l'Art, ajoutai-je en désignant mes archives.

— Si toutes ces archives sont secrètes et si les secrets rendent différent à l'intérieur, alors, madame Frankweiler, votre intérieur doit être le plus mélangé et le plus différent que j'aie jamais vu. Ou que n'importe quel médecin ait jamais vu non plus ! »

Je souris :

« Il y a une vie entière de secrets dans ces archives. Mais aussi beaucoup de coupures de journaux. Des vieilleries. C'est un vrai bric-à-brac, comme ma collection d'art, d'ailleurs. Maintenant vous allez me raconter votre fugue et j'ajouterai l'histoire à mes archives. »

L'excitation de Jamie se traduisait en éclats de rire et en brusques sprints d'un bout à l'autre de la pièce, tandis que la joie de Claudia était beaucoup plus calme. Je vis qu'elle était un peu surprise. Elle avait eu le pressentiment que l'Ange détenait la réponse, mais elle s'était imaginé une explosion violente, plutôt qu'une lente prise de conscience. Bien sûr que les secrets font la différence. C'est pour cela qu'elle s'était tellement amusée à organiser la fugue ; c'était un secret. Et le fait de se cacher dans le musée avait été un secret. Mais ce n'était pas des secrets qui duraient ; c'était fini maintenant. Le secret de l'Ange ne finirait jamais. Elle allait pouvoir porter en elle ce trésor pendant vingt ans comme je l'avais fait. A présent, elle n'avait plus besoin d'être une héroïne pour rentrer chez elle... sauf à ses propres yeux. Et elle savait maintenant sur les secrets quelque chose qu'elle n'avait jamais soupçonné auparavant.

Son bonheur se lisait sur son visage. Le bonheur est une excitation qui s'est trouvé une place pour se reposer, mais il y en a toujours un petit bout qui continue à bouger. Claudia aurait pu garder ses doutes pour elle, mais c'était une enfant honnête, une fille bien.

« Madame Frankweiler, dit-elle, la gorge sèche, j'adore cette esquisse. C'est vrai. Je l'aime vraiment. Je l'aime, je l'aime, je l'aime. Mais est-ce que vous ne pensez pas que vous devriez la donner au musée ? Ils deviennent fous de ne pas savoir si la statue est authentique ou pas.

— Balivernes ! Qu'est-ce que c'est que cet accès de consience tout à coup ? C'est à toi que je veux la donner. En échange. Si toi et Jamie voulez la donner au musée quand vous en aurez hérité, vous n'aurez qu'à le faire. Moi, je ne laisserai pas les gens du musée approcher d'ici. Si je pouvais les empêcher de mettre les pieds dans l'État du

Connecticut, je le ferais aussi. Ils n'auront pas ce dessin, aussi longtemps que je vivrai. »

Claudia s'épongea le front avec la manche de son pull-over.

« Pourquoi ? demanda-t-elle.

— Je me suis longtemps posé la question et je vais te le dire : si cette esquisse entre en leur possession, ils vont commencer à faire des recherches sur son authenticité. Ils vont faire venir des experts du monde entier. Ils vont analyser l'encre. Et le papier. Ils vont reprendre toutes les notes illustrées de Michel-Ange et comparer, comparer, comparer. En bref, ils vont en faire une étude scientifique. Certains diront "oui", d'autres "non". Des universitaires en débattront. Ils vont réunir tous les experts, et la majorité concluront sans doute que l'esquisse et la statue sont tous deux de la main de Michel-Ange. En tout cas c'est la conclusion à laquelle ils devraient parvenir. Pourtant quelques individus bornés ne seront pas d'accord et à cause de ceux-là, la statue et l'esquisse apparaîtront toutes deux dans les livres, accompagnées d'un point d'interrogation. Les experts ne croient pas autant que moi aux coïncidences, et je ne veux pas les laisser jeter le moindre doute sur une chose que j'ai devinée depuis toujours, et dont je suis sûre depuis vingt ans. »

Les yeux de Claudia s'élargirent :

« Mais, madame Frankweiler, s'il subsiste le moindre doute que l'esquisse ou que le dessin puisse être une imposture, vous ne voulez pas le savoir ? Vous ne voulez pas éliminer jusqu'au plus petit doute ?

— Non, répondis-je brusquement.

— Pourquoi ?

— Parce que j'ai quatre-vingt-deux ans, voilà pourquoi. Tu vois, Jamie, moi aussi il m'arrive de laisser échapper des choses. Maintenant tu connais mon âge. »

Jamie jeta un coup d'œil à sa sœur et dit : « Je ne vois pas le rapport. »

Claudia haussa les épaules.

« Je vais te dire le rapport, dis-je. Je suis parfaitement satisfaite de mes propres recherches sur le sujet. Je ne suis pas d'humeur à apprendre des choses nouvelles. »

Claudia dit :

« Mais, madame Frankweiler, vous devriez avoir envie d'apprendre des choses nouvelles tous les jours. Nous on a fait ça, même au musée.

— Non, répondis-je, je ne suis pas d'accord. Je crois qu'on doit apprendre, et même certains jours, apprendre beaucoup. Mais il faut aussi garder certains jours pour laisser les choses qui sont déjà en vous s'épanouir jusqu'à vous remplir totalement, jusqu'à ce que vous les sentiez bien en vous. Si vous ne prenez jamais le temps de faire cela, alors vous ne ferez qu'accumuler des faits. Ils vont s'entrechoquer en vous, et vous pourrez faire du bruit avec, mais jamais les ressentir vraiment, ils sonneront creux. »

Les deux enfants étaient silencieux et je poursuivis :

« J'ai rassemblé un tas d'informations sur Michel-Ange et sur l'Ange. Et je les ai laissées mûrir en moi très longtemps. A présent, je sens que je sais. Et c'est assez. Mais il y a une chose que j'aimerais ressentir. Pas connaître. Ressentir. Et cette unique chose est impossible.

— Rien n'est impossible », dit Claudia. Elle avait le ton d'une mauvaise actrice dans une mauvaise pièce : elle parlait faux.

« Claudia, dis-je patiemment, quand on a quatre-vingt-deux ans, on n'a plus besoin d'apprendre une chose nouvelle tous les jours, et on sait qu'il y a des choses impossibles.

— Qu'est-ce que vous aimeriez ressentir et qui est impossible ? demanda Jamie.

— Là, tout de suite, j'aimerais savoir ce qu'éprouve votre maman.

— Mais vous dites toujours qu'elle est désespérée. Vous avez envie de vous sentir désespérée ? »

Cela, c'était Claudia. Elle redevenait la vraie Claudia Kincaid.

« C'est une chose que j'aimerais ressentir parce que cela fait partie d'une expérience plus importante que je n'ai pas vécue.

— Vous voulez dire, fit Claudia, que vous auriez aimé être mère ? »

Jamie se pencha vers Claudia et lui dit à l'oreille, en un chuchotement, le plus bruyant et le plus mouillé que j'aie jamais entendu :

« Bien sûr que c'est impossible. Son mari est mort. On ne peut pas être mère sans avoir un mari ! »

Claudia lui donna un coup de coude :

« On ne dit jamais que les gens sont morts, ça rend triste, on dit "décédé" ou "disparu".

— Venez maintenant, les enfants. Posez ce dossier. Il faut que vous me racontiez votre aventure. Tout, tout ce qui s'est passé du début jusqu'à la fin. Ce que vous avez fait et ce que vous avez pensé, et comment vous vous êtes débrouillés pendant toute cette folle expédition. »

10

Je tins les enfants éveillés jusqu'à une heure tardive pour avoir tous les détails. Je jouai à la bataille avec Jamie pendant que Claudia parlait au magnétophone. Jamie finit avec deux as et douze cartes de plus que moi ; la partie me coûta 34 *cents*. Je n'ai toujours pas compris comment il faisait. C'était un jeu de cartes à moi ; mais il est vrai que j'étais distraite parce que j'écoutais ce que disait Claudia et parfois je l'interrompais par des questions. Et puis il y avait eu l'appel téléphonique des parents. Je savais que vous alliez les prévenir, Saxonberg, je le savais ! Quel être double vous êtes : tête dure et cœur tendre. Je fis tout ce que je pus pour les convaincre de rester chez eux et de me

laisser raccompagner les enfants le lendemain matin. Mme Kincaid n'arrêtait pas de
me demander s'ils étaient blessés ou trauma-
tisés. Je crois qu'elle a lu trop d'articles dans
les journaux sur des enfants perdus. Vous
comprenez maintenant pourquoi j'ai insisté
pour les garder la nuit. Je voulais que le
marché soit respecté des deux côtés, et il me
fallait mes renseignements. D'autre part, je
leur avais promis de les ramener chez eux en
Rolls Royce, et je ne triche jamais quand je
joue gros.

Quand ce fut au tour de Jamie de parler au magnétophone, je crus que je ne
parviendrais jamais à l'empêcher de toucher à tous les boutons. Il trouvait très amusant d'enregistrer quelque chose et de l'effa-
cer ensuite. Finalement, je le taquinai un
peu :

« Tu n'es pas Sir Lawrence Olivier en train
de jouer Hamlet, tu sais. Je ne veux que les
faits et tes impressions. Pas de théâtre.

— Vous voulez que je sois précis, non ?

— Oui, mais je veux aussi que tu
finisses. »

Claudia me demanda de lui faire visiter la
maison pendant que Jamie racontait son
histoire. Elle posait des questions sur tout.
Nous sommes montées au troisième étage
avec l'ascenseur et elle visita toutes les pièces
les unes après les autres. Je n'avais pas
parcouru la maison en entier depuis des

mois et la visite m'amusa moi-même. Nous avons bavardé aussi, un autre goût que nous avons en commun. Claudia me parla de la routine de sa vie chez elle. Quand nous revînmes à la salle de bains de marbre noir, elle me raconta qu'elle s'y était baignée en arrivant. Je la laissai choisir elle-même la chambre où elle dormirait cette nuit-là.

De très bonne heure le lendemain matin, je les fis conduire à Greenwich par Sheldon. Je joins à ma lettre une photocopie du rapport de Sheldon sur ce voyage, afin que vous vous amusiez un peu, Saxonberg ; vous devriez être d'humeur à rire à présent.

Le garçon, madame, passa les cinq premières minutes du voyage à appuyer sur tous les boutons qu'il put trouver à l'arrière de la voiture. Je les ai conduits chez eux avec la Rolls Royce comme vous me l'avez demandé. Il appuya sur certains boutons au moins douze fois ; pour d'autres je me suis arrêté de compter à cinq. Je crois qu'il prenait le tableau de bord de votre voiture, madame, pour une sorte de machine à écrire, ou un piano ou un ordinateur IBM. Sans s'en rendre compte, il avait appuyé sur le bouton de l'interphone et oublié de le relâcher. C'est ainsi que je pus entendre toute leur conversation. Ils se croyaient parfaitement isolés par la vitre de séparation entre le siège avant et le siège arrière. La fille resta tranquille pendant que l'autre expérimentait tout. Absolument tout , je dois dire.

Finalement, la fille lui demanda :

« Pourquoi penses-tu qu'elle a vendu l'Ange au musée ? Pourquoi ne le leur a-t-elle pas simplement donné ?

— Parce qu'elle est radin, tiens ! Elle l'a dit elle-même, répondit le garçon.

— Ce n'est pas pour ça. Si elle était radin, et qu'elle savait qu'il valait tellement, elle ne l'aurait jamais vendu 225 dollars. »

Dieu soit loué, la fille avait réussi à l'intéresser à la conversation. Il cessa d'appuyer sur les boutons. En plus de l'interphone, il avait oublié aussi d'arrêter l'essuie-glace arrière. J'ajouterai, madame, qu'il ne pleuvait pas.

« Elle l'a vendu aux enchères, imbécile, et aux enchères on est obligé de vendre au plus offrant. Personne n'a offert plus que 225 dollars. C'est aussi simple que ça. »

La fille répliqua :

« Elle ne l'a pas vendu pour l'argent. Elle aurait montré sa preuve si elle en avait vraiment voulu un bon prix. Elle l'a vendu pour s'amuser. Parce qu'elle trouvait cela excitant.

210

— *Peut-être qu'elle n'avait plus assez de place pour le garder.*

— *Dans cette maison qui est un vrai musée? Il y a des pièces en haut qui... Oh! Jamie, la statue ne fait que soixante centimètres de haut. Elle aurait pu la caser dans un coin, n'importe où!*

— *Et toi, tu crois qu'elle l'a vendue pourquoi?!*»

La fille a réfléchi une minute. (J'espérais sincèrement qu'elle allait se dépêcher de répondre, madame,

avant que le garçon ne recommence à s'intéresser aux boutons.) « Parce que, au bout d'un
moment, détenir un secret sans que personne
ne sache que vous le détenez, ce n'est plus
drôle. Et même quand on ne veut pas que les
autres sachent quel est le secret, on a envie
qu'ils sachent qu'on en a un. »

Je vis dans le rétroviseur, madame, que le
petit garçon était devenu très calme tout à
coup. Au bout d'un moment il a regardé la
fille et puis il a dit :

« Tu sais, Claude, je vais économiser mon
argent de poche et mes gains au jeu et je
retournerai voir Mme Frankweiler. » Et puis il
y a eu un long silence et il a dit : « Il y a une
chose à propos de notre fugue que j'ai oublié
de dire au magnétophone. »

La fille n'a rien dit.

« Tu viendras, Claude ? On ne le dira à
personne.

— Combien as-tu gagné aux cartes hier
soir ? a demandé la fille.

— Seulement 34 cents. Elle est beaucoup
plus forte que Bruce.

— Peut-être que mes 25 cents des corn-
flakes sont déjà arrivés. Ce qui nous ferait 59
cents. »

La fille n'a rien dit pendant quelques
minutes et puis elle a demandé :

« Tu crois qu'elle parlait sérieusement avec
son histoire d'avoir envie d'être mère ? »

Le garçon a haussé les épaules :

212

« *On pourra aller la voir chaque fois qu'on aura économisé assez d'argent. On ne le dira à personne. On ne restera pas la nuit. On dira juste à papa et à maman qu'on va au bowling ou quelque chose comme ça, et puis au lieu de ça, on ira prendre le train.*

— On va l'adopter, a suggéré la fille. On deviendra un peu ses enfants, dans un sens.

— Elle est trop vieille pour être mère. Elle l'a dit elle-même. D'ailleurs, on en a déjà une.

— Alors, elle deviendra notre grand-mère, puisque les nôtres sont mortes.

— Et ça sera notre secret et nous ne le partagerons même pas avec elle. Elle sera la seule femme au monde à être devenue grand-mère sans avoir été mère avant. »

J'ai conduit la voiture jusqu'à l'adresse qu'ils m'avaient indiquée, madame. Les volets étaient ouverts et j'ai vu un très bel homme et une jeune femme qui regardaient par la fenêtre. Il me semble avoir vu aussi notre M. Saxonberg. Le garçon a ouvert la portière avant que la voiture soit complètement arrêtée. Ce n'est pas une chose à faire. Une créature beaucoup plus jeune, un garçon également, est sortie en courant de la maison, avant les autres. Au moment où je repartais ce garçon disait :

« *Ouah ! quelle voiture ! Hé ! Claude, à partir de maintenant, je vais être ta sponsiblité jusqu'à la fin de...* »

Les enfants, madame, négligèrent de vous remercier.

Voilà, Saxonberg, pourquoi je désire léguer le dessin d'Ange à Claudia et Jamie Kincaid, vos deux petits-enfants perdus pour lesquels vous vous inquiétiez tellement. Comme ils ont l'intention de faire de moi leur grand-mère, et que vous êtes déjà leur grand-père, il en résulte que nous devenons... Bon, bref, je préfère ne pas y penser. Vous ne jouez décidément pas assez bien au poker.

Récrivez mon testament avec une clause selon laquelle je leur lègue l'esquisse. Ajoutez également une clause à propos du lit dont j'ai parlé plus haut. Je suppose que je dois en faire don au Metropolitan Museum. Ce n'est pas que je me sois mise à aimer les dons. Et d'ailleurs vous remarquerez que ces objets ne devront être remis à leurs destinataires qu'après ma mort. Je devrais dire mon "décès". Quand vous aurez ajouté tout ceci à mon testament, je signerai cette nouvelle version. Sheldon et Parks me serviront de témoins. La signature aura lieu au restaurant du Metropolitan Museum à New York. Vous m'y accompagnerez, mon cher Saxonberg, ou vous me perdrez, moi, votre meilleure cliente.

Je me demande si Claudia et Jamie reviendront me rendre visite. Cela ne me déplairait pas. Et puis, j'ai encore une carte dans mon jeu : je sais une chose qu'ils ne savent pas. Ils ne savent pas que leur grand-père est mon avocat depuis quarante et un ans. (Et dans votre intérêt, Saxonberg, je vous conseille vivement de ne pas le leur révéler.)

A propos, je viens d'entendre à la radio une interview du directeur de la galerie Parks. Il paraît que sa subvention a été diminuée. Quand un des reporters lui a demandé à quel secteur était allé l'argent qui aurait normalement dû aller au musée Parks, il a répondu qu'on avait dû augmenter le budget de la sécurité du Metropolitan. Pensant que cette décision n'avait pas été prise sans raison, j'ai prié Sheldon d'appeler son ami Morris, le gardien, pour lui demander s'il était arrivé quelque chose de spécial au Metropolitan ces derniers temps.

Morris lui a répondu qu'on avait découvert un étui à violon dans un sarcophage la semaine dernière. Deux jours plus tard, on avait trouvé un étui à trompette. Morris a ajouté qu'en un an de travail au musée, un gardien avait tout vu, et qu'en y travaillant six mois, on avait vu la moitié de tout. On avait un jour trouvé un dentier sur le siège d'un char étrusque... Les étuis des enfants furent envoyés aux objets trouvés. Ils y sont encore. Pleins de sous-vêtements grisâtres, et d'un transistor bon marché. Personne n'est encore allé les réclamer.

Table

ROBIN McKINLEY

Casque de feu

Quand Aérine la rousse casse la vaisselle royale, elle ne sait pas la réparer par magie, comme le fait une vraie princesse. Est-ce parce que sa mère était sorcière ? Elle est née pour d'autres magies.

Aérine préfère son cheval aux gens de la Cour, et s'entraîne avec lui à chasser le dragon. Son destin, c'est la vie dangereuse, le mystère, l'amour, la victoire sur la Mort. On l'appellera Casque de feu.

TILDE MICHELS

Galamax appelle la Terre !

Les habitants de Galamax sont tous calmes et raisonnables, sauf Takim, enfant terrible d'une insatiable curiosité. Sans écouter personne, il déchaîne un affreux robot qui veut détruire la planète...

L'imprudent trouvera-t-il du secours sur Terre ? Les savants y sont sympa, les jeunes humains astucieux. Mais attention : le roi de la publicité et ses journalistes adorent mettre leur nez partout !

LEON GARFIELD

Le Berceau volant

Sam a failli naître sur la route et sa vie y est toute
tracée puisqu'un cocher de diligence et sa femme l'ont
adopté. Sa vraie mère n'a rien laissé qu'un joli pistolet
et une bague en étain. Pas même un nom. C'est encore
assez pour rêver en secret de famille, père aristocrati-
que, fortune peut-être?

Sam en fait dans sa tête tout un théâtre... Mais si,
justement, c'était cela, sa vocation?

ELFIE DONNELLY

Salut, grand-père!

Grand-père a soixante-dix-neuf ans et Michi, qui
n'en a que dix, adore bavarder avec lui dans sa
chambre pleine de livres et d'objets bizarres.

Mais est-ce vrai qu'il a une maladie très grave?
Maman fait des mystères. On se dispute à table.
Michi n'y comprend rien; le copain Ferdi non plus...
Quant à partir en voyage en laissant Grand-père tout
seul, pas question! Ça ne se passera pas comme ça!

Composition réalisée par COMPOFAC - PARIS

IMPRIMÉ EN FRANCE PAR BRODARD ET TAUPIN
Usine de La Flèche (Sarthe).
HACHETTE - 79, bd St Germain - Paris.
ISBN : 2 - 01 - 013936 - 4